建築師今天
戀愛了嗎？

（下）

艾小圖 著

高寶書版集團

目錄
CONTENTS

第二十一章　格局

山風撩動蘇漾的碎髮，一綹飄在嘴脣上，輕輕掃過，蘇漾不覺地撥開。

「那個……我能打斷一下嗎？」

顧熠微微側頭，看著站在籬笆旁的蘇漾：「嗯？」

蘇漾看了一眼身處的混亂環境，有些哭笑不得：「這個話題，可以換個地方聊嗎？雞舍真的太臭了。」

蘇漾的話提醒了顧熠，兩人現在竟然是站在雞舍裡面。

竹子做成的籬笆，十幾隻雞在雞舍裡轉來轉去，咯咯咯的叫聲不絕於耳。

空氣中有雞糞和泥土混合的味道，餵雞的時候隨口聊聊天還可以，特地在這裡談感情，恐怕會讓人窒息。

「先回屋吧。」蘇漾說。

蘇漾往堂屋走去，顧熠跟在她身後。兩人在這鄉村的院落裡，心裡想著不同的事。

聽著顧熠平穩的腳步聲，她嘴角忍不住揚起一絲笑意。

兩人一前一後地走著，燈泡的光亮將屋外和屋內劃分開來，剛跨過門檻，顧熠就拉住蘇漾：「現在可以繼續剛才的話題嗎？」

「可以啊。」蘇漾回過頭來，表情淡然，完全沒有被人表白的羞怯和慌亂，一副大局在握的表情，不疾不徐地問他，「我為什麼會頭破血流？做個建築師而已。」她眨著眼睛，笑著說，「你這些花言巧語，是林鋮鈞教你的嗎？」

「蘇漾，那只是修辭。」

蘇漾長長的「噢」了一聲，眼眸微微一低：「我只是覺得，物以類聚，林鋮鈞的撩妹手法，你恐怕學了不少，需要再觀察一下。」

「這麼說似乎不公平，林鋮鈞是林鋮鈞，我是……」

顧熠的「我」字還沒說完，就聽見校長的小兒子和小兒媳過來叫他們。

校長的小兒子和小兒媳年齡比他們小，玩心還很重，手裡拎著家裡釀的甜酒和醃的酸梅，熱情地邀請他們：「顧工，蘇工，喝酒嗎？」

不等顧熠回答，蘇漾已經熱情地回答：「來囉——」

校長家的外觀雖然變了，格局還是和當年差不多，後院很大，校長的兒子媳婦在院子裡擺了一張小桌子，四個人一人一把竹椅，都是純手工古樸作法的家具，蘇漾很久沒看到了。

校長的小兒子原本在N城讀師大，畢業後回來，準備繼承校長衣缽，和顧熠、蘇漾說起對皎月村小學未來的計畫，眼睛閃閃發亮。顧熠和蘇漾很認真地聽著，完全沒有打岔。

蘇漾想到N城和山村的差異，好奇地問了一句：「為什麼想回來？很多人去了大城市，就不想回老家了。」

校長的小兒子大概被很多人問過這個問題，笑了笑：「那當然，在N城我隨便進一個高中教書，加上課後輔導，一個月也有五六千人民幣，在這裡，一個月發兩千就偷笑了。」

「因為要回來建設家鄉嗎？」

「哈哈，哪有那麼偉大。」他喝了一杯甜酒，笑瞇瞇地說，「我爸說我不回來就不認我了。這裡的孩子沒人教啊，不回來能怎麼辦？有人說，愛一行才能做一行，我倒覺得，做一行就愛一行，才是對的。人哪有永遠清醒的，有時候也是被人推著向前，但是至少，自己走的路，不要後悔。」

校長小兒子的孩子才兩歲多，晚上醒來看不到爸媽，大聲哭了起來，嚇得兩人趕緊離開院落。

此刻，圍著方形折疊桌而坐的，只剩蘇漾和顧熠。

一整瓶甜酒才喝了一半，兩人倒是隨遇而安，沒人陪，自己也能喝得盡興，舉起酒杯，對月而酌。

大家都已經睡了，農家的院落靜然安逸，讓人全身都放鬆下來。

「腦袋放空了嗎？」顧熠問。

「什麼？」

「關於東城改建的專案。」顧熠抿脣，「我希望妳能先放下妳之前所有的想法，全部從零開始。」

「呵，」蘇漾一笑，「原來你是這麼想的，看來我之前的方案都很爛？」

顧熠喝完了小酒杯裡的酒：「也不是，只是覺得用力過猛，不是妳的風格。」

因為答應了她不會過多干涉，所以顧熠之前一直沒有評論過蘇漾的設計，現在他這麼一說，蘇漾倒是好奇了：「那我是什麼風格？」

「簡單，直接，自然。」顧熠說，「不管妳把理念表達成什麼樣子，至少妳在嘗試表達，比很多只知道從眾的人強。」

「原來如此。」

蘇漾突然理解了顧熠帶她來這裡的目的。

在出來之前，他沒有告訴她此行的目的地，也沒有給她任何壓力，只是抱著出遊的心情，來看了看蘇漾很久以前的作品，見了見當年遇見的人。

平靜的院落，淳樸的人心，以及完全貼近自然的氛圍。

這裡是她的初心。

她當年還沒從建築學院畢業，做建築的想法都是最純粹的。

只是為了給住的人帶來幸福。

如今她學了那麼多專業知識，吸收了太多紛雜的東西，也因此有了很多束縛，反倒讓她有些迷失。

蘇漾心緒平靜地看著顧熠，內心帶著幾分感激，很真誠的感激。

「很奇怪，明明放空了腦袋，什麼都沒有了，卻沒有焦慮的感覺。」

顧熠又倒了一杯酒，淡淡看著蘇漾：「看來，來對了地方。」

「就像校長的兒子說的，人不可能清醒地知道每一步該做什麼，有時候也只是被機會推著走，但是至少要做到不後悔。」

「其實做到不後悔也很難。」顧熠眸中帶著幾分溫和，「我也經常後悔。」

蘇漾聽他這麼說，眼睛微微瞪大：「是嗎？你的性格很強勢，倒不像經常後悔的人。」

「每天看到妳，都在後悔。」

「……」

蘇漾沒想到他在話裡挖坑給她跳，一時有些語塞，感覺怎麼回答都不對，乾脆轉移話題：「話說，要是能在這麼美的地方有間自己的房子，每年來住一陣子，倒是不錯。」

見蘇漾岔開話題，顧熠也不拆穿，只是笑著問道：「哪裡不錯？」

蘇漾立刻豎起食指，指了指天空，「星星啊，城裡都灰濛濛的，光害又嚴重，很少能看見這樣的風景。自己種點菜，養點家畜，挺好的。」她指向天上某個點，「你看，那顆好亮，好漂亮。」

顧熠抬頭看了看蘇漾指的方向，隨口回答：「那是天琴座，也就是傳說中的織女星。」

「哇，是嗎？」蘇漾見顧熠懂星座，又指著另一邊說，「那邊那個呢？那個更亮，一閃一閃的那顆，是北極星嗎？」

「那是飛機。」

「……」蘇漾舉起酒杯，對顧熠說，「你說得對，再來一杯。」

顧熠看著蘇漾難得犯蠢的樣子，倒是很懷念。很多男人說，女人越理智就越不可愛。顧熠倒是不覺得。蘇漾越理智，越假裝不在乎他的樣子，他越有種好勝的征服欲，那是男人的掠奪本能。

見她喝完杯裡的酒，他又為她添了一杯。

農家的甜酒味道很好，喝起來不覺得，後勁卻很強，喝了幾輪，兩個酒量很好的人居然都有點醉了。

顧熠又為蘇漾倒酒，蘇漾碎碎念著：「你是不是想灌醉我啊？」

顧熠淡淡一笑，溫柔地看著蘇漾，坦然承認：「對啊。」

蘇漾皺眉：「所以呢？灌醉我，你想做什麼？」

顧熠伸手摸了摸下巴，以玩笑的口吻說：「酒後亂性？」

蘇漾聽了，一點害怕的感覺都沒有，只是輕蔑一笑：「我酒後砍人的可能性還比較高。」

顧熠想想蘇漾每一次大醉後的樣子，點了點頭：「這我相信。」

顧熠將他們面前的杯子都倒滿，不再給蘇漾逃避的機會：「我們來玩個遊戲。」

「嗯？」

「喝一杯酒，問對方一個問題，不能不回答。」

蘇漾知道他是故技重施，也猜到他想問什麼，嬌俏一笑：「我才不玩。」

「不敢？」顧熠挑釁的目光落在蘇漾臉上，激將的意思十分明顯。

「我為什麼要玩？我可沒有問題想問你。」蘇漾看了一眼時間，「我要上樓睡覺了。」

蘇漾不想再多喝。她沒有醉，意識很清醒，但酒精還是讓她臉上身上都有些發燙。

她拉了拉自己的領口透透氣，緩解身體的微熱。

見顧熠沒再說話，她站起身要走：「下次有機會再喝吧。」

她剛一跨出去，手腕就被顧熠握住。

「我想要妳當我的女朋友，妳打算多久才答應？」他眸光流轉，清越閒適的表情，彷彿真的只是隨口問問，「這次行不行，不行我下次再來。」

蘇漾回過頭，居高臨下看了一眼還坐在竹椅上的顧熠，表情狡黠：「噢。」

見識過這個女人的狡猾，也察覺她這次回答語氣的不同，他目不轉睛地盯著蘇漾：「噢是什麼意思？」

「噢就是噢。」

蘇漾用沒有被顧熠握住的那隻手的手指勾了勾：「你過來。」

微微抬眸看了她一眼，身子湊了過去。

蘇漾彎腰，靠近顧熠耳邊，低聲說道：「你把這瓶酒喝完，我就答應你。」

近五年過去，自重逢以來，不管顧熠說什麼，她總是拒絕，導致他聽到蘇漾的回答，整個人甚至有些反應不過來。

「妳說什麼？再說一遍。」

蘇漾見他擺出一副真沒聽見的樣子，提高了音量，又重複一遍：「我說，你把這瓶酒喝完，我就答應你。」

忽然從被握住的手腕傳來一股拉力，不等蘇漾反應過來，她已經被顧熠拉近，直接坐在他的腿上。

他雙手用力一圈，將蘇漾緊緊扣在懷裡。

濃眉之間的溝壑消散，銳利的眼眸中充滿了濃烈的感情和終於達成所願的得意。

「臭丫頭，學壞了。」

說完，他按住蘇漾的後腦杓，毫不猶豫地吻了下去……

平躺在床上，手指不自覺撫上嘴脣，上面似乎還留有餘溫，突突狂跳的心臟似乎也未曾平靜，顧熠的氣息彷彿有侵略性，讓蘇漾幾乎丟盔卸甲。

他緊緊按住她的後腦杓不讓她躲閃，嘴脣死死覆在她的嘴脣上，用力的舐吻讓她不適應地往後縮了縮，卻又被他捉回來，她掙扎著嚶嚀了一聲，他趁機攻略她帶著甜酒氣息的口腔，酸梅的酸甜味道來回輾轉，讓她的大腦幾乎一片空白。

見她不再掙扎，他扣著她後腦的手慢慢往下，移到她後背，最最溫存之際，像在安撫寵物一樣，上下摩娑她的後背……

蘇漾不知道這個吻持續了多久，直到身後傳來窸窣的腳步聲，理智才回歸腦中。

她雙手撐在顧熠胸前，慌亂地將他推開。他怕她摔倒，扶住了她的腰。她幾乎是從他身上跳起來，滿臉通紅地站在離他一步之遙的位置。

校長的小兒子和妻子穿過堂屋，進到後院，見他們還在，桌上的甜酒喝了一半，笑呵呵地說：「酒勁還是挺大的吧？你們的臉都紅得跟關公似的。」

比起蘇漾的「做賊心虛」，顧熠顯得相當鎮定，「酒很好喝。」說著，他拿起桌上那半瓶酒，笑著說，「這半瓶送我可以嗎？」

見顧熠喜歡家裡釀的酒，校長的小兒子高興得交代妻子：「再去拿一瓶滿的給顧工。」

顧熠阻止了他們忙碌的腳步：「不用，這半瓶就可以了。」

「這怎麼好意思，都喝一半了。」

「是我自己喝的。」顧熠說完，意味深長地看了蘇漾一眼，「和蘇工打了賭，要言而有信，把酒喝完。」

蘇漾知道他話中有話，臉更紅了，怕人家夫婦聽出端倪，趕緊瞪了他一眼，阻止他再說下去。

校長的小兒子笑呵呵地看著蘇漾和顧熠，也沒懷疑什麼，「還是城裡人會玩。」接著又溫和地說，「你們上去休息吧，我們來收拾。」

「那怎麼好意思？」蘇漾說，「我來幫忙吧。」

「你們也不知道東西該放哪裡，不用了。」

「孩子睡了？」

那個溫和的女人笑了笑，「嗯，哄一下就睡了。」說完又推了推蘇漾，「去休息吧。」

蘇漾和顧熠被趕進堂屋，臨走前不放心地回頭看了一眼，淳樸的夫妻倆都比了個「OK」的手勢。

蘇漾走在前面，顧熠緊跟在後。一路上她不敢抬頭，生怕顧熠看見她此刻通紅的面頰。她自己也分不清是酒精的緣故，還是出於羞赧和緊張。

時間很晚了，校長的家人都已經入睡，屋內安靜得彷彿呼吸聲都能聽見，蘇漾一直微微低著頭，手放在胸前，想要壓制有些失控的心跳。

顧熠比她自在得多，好不容易等到蘇漾點頭，多年夙願得以達成，整個人神采飛揚，逮到機會就動手動腳，一下去牽蘇漾的手被打，一下又去攬蘇漾的肩被肘擊……總之就是越挫越勇，絕不安分。

蘇漾怕把人吵醒撞見這麼尷尬的一幕，便壓低聲音，惡狠狠地威脅：「你再亂來，剛才說的話就不算數了！」

顧熠知道蘇漾的性格，依依不捨地放手。

來到蘇漾房間門口，他試圖跟在蘇漾身後鑽進去，被蘇漾大力推了出來。

蘇漾警惕地抵著門，皺著眉頭瞪著顧熠：「你幹什麼？」

顧熠半倚在門框上，一隻腳卡在門縫，不讓蘇漾關門。蘇漾推了兩下推不開，又不敢真的用力夾他的腳，氣到不行：「趕快回去睡覺！」

顧熠的呼吸中帶著酒氣，一笑起來就有幾分不正經，他直勾勾地盯著蘇漾，以居高臨下的視角，脈脈含情：「我想和妳聊聊天。」

「大半夜的聊什麼聊？趕快去睡覺。」

「睡不著。」顧熠的聲音婉轉，聽起來纏綿，實際上滿肚子壞水，「追妳跟八年抗戰一樣艱難，不抱著妳，沒有真實感。」

「滾蛋！」

蘇漾見顧熠耍無賴，也不再心疼他，一腳踩在他腳上。

「哎呦！」

顧熠吃痛，抽回腳，蘇漾趁機趕緊關上房門。

來的時候蘇漾還特意請校長安排兩個房間，校長不明就裡，以為他們「分手了」，蘇漾懶得解釋，隨便他怎麼想。現在要是讓顧熠進了房間，明天走的時候可就沒臉見人了。蘇漾絕對不要。

顧熠的腳被蘇漾重重踩了一下，到現在還在痛。

這丫頭，真是沒輕沒重。偏偏他就是喜歡自虐，還覺得她那副惱羞成怒的樣子挺可愛。

在床上翻了個身，毫無睡意。睡不著這件事他真的不是在騙蘇漾。

突然懷念起五年前的那一晚，當時校長家裡只有一間房可以給他們住，現在全部翻新了，格局恰當，房間也多，再也不用擠在一起睡。

這一定是那個姓曹的設計的。

顧熠不爽地皺眉。

但是轉念想想，蘇漾終於變成他的所有物了，嘴角又不禁揚起一絲笑意。

顧熠翻個身，寬慰自己：算了，早晚都是他的，不急於一時。

回N城不過兩小時車程，蘇漾的手緊緊被人握著，連他睡覺都不肯放開。腦海中突然想起那句話——中年男子談戀愛，就像老房子著了火。如今看看顧熠，覺得這句話真是貼切，她都快被他這把火燒死了，簡直比學校裡那些年輕人還黏膩。

蘇漾想玩手機，抽了半天都抽不出手，最後只能用左手滑新聞。

哎，真是甜蜜的煩惱。

出差回來第二天，依然正常上班，蘇漾習慣了這樣的生活步調。

在皎月村找回了做設計的純粹初心，蘇漾對專案不再急躁和焦慮，而是不疾不徐地從頭開始。

坐在辦公室，她專注地查看從檔案館借來的地方誌，研究東城的建成歷史，她發現雖然自己在東城住了二十幾年，卻從來沒有真正了解過東城老城區。

林木森對她做設計之前，翻看地方誌的作法很是滿意，沒有吝嗇讚賞：「真正了解歷史和文化，才能知道一個城市的底蘊。」

蘇漾被他誇了，立刻謙虛地說：「只是想了解一下最初的格局。」

地方誌記錄的範圍是整個N城，蘇漾很認真地尋找東城的部分。

林木森看了蘇漾一眼，緩緩說道：「東城其實也算是遷移出來的區域，當年侵略軍進駐，把城中的古區占為領事區，而古區裡沒有能力外遷的居民，就被迫遷移到東城，所以東城人算是最古老的N城人。起初東城是棚戶區，規模不算大，戰後統一改建，才有了初步的雛形。往後幾十年隨著經濟發展，家家戶戶重建了自家的房子，便成了後來的樣子。」

蘇漾身為東城人都不知道這段歷史，有些意外地看向林木森：「你怎麼什麼都知道？」

「我在接手這個案子的第一天，就開始查資料了。」

「你之前怎麼不提醒我看看？」

林木森表情嚴肅：「妳應該自我檢討，妳為什麼一開始沒想到。」

蘇漾：「……」

果然，林木森還是那個嚴厲的林木森，是她自己被誇了兩句就得意忘形了。

蘇漾正在思考該說點什麼來打破這尷尬的氣氛，就看到林鋮鈞拿著好多張A3圖跨了進來，依舊是那副吊兒郎當的樣子。

「蘇漾，木森，你們在開會？」

蘇漾擺手：「沒有，閒聊。」

林木森對林鋮鈞的態度比較冷淡，轉身出去：「你慢慢看，我先去工作。」

看著林木森冷酷的背影，林鋮鈞感慨：「真難想像我和他是堂兄弟。」

蘇漾也附和道：「我有同感。」

林鋮鈞的目光回到蘇漾身上：「妳最近和我弟走得很近？」

蘇漾見他眼中有幾分不正經，鄙夷道：「在同一個組，能走多遠？」

林鋮鈞被嗆習慣了，也不生氣：「我去找顧熠開會，妳慢忙。」

剛好蘇漾的咖啡喝完了，小橙不在，她便拿起自己的杯子，跟著林鋮鈞一起出去：「我去沖杯咖啡。」

兩人剛走出辦公室，就見到顧熠春風滿面地出現在眾人面前。

隔著許多人，顧熠的目光落在蘇漾身上，臉上的笑意更深。

他拍了拍手，吸引大家的注意力。

「五點了，大家收拾收拾，今天不用加班，回去好好休息一天。」

「為什麼？」顧熠的決定讓大家有些措手不及，有人忍不住問了一句。

「因為我今天很高興。」顧熠笑著說，「趁我還沒改變主意，趕快下班。」

顧熠話音一落，眾人就歡呼起來。

「顧工萬歲！」

「顧工千秋萬代！」

看著眼前的一幕，林鋮鈞一頭霧水。

他湊近蘇漾，壓低聲音問，「怎麼突然這樣？他是不是得了癌症，想一路玩到掛？」說完，他有些不放心，「不行，我得去問問，他要是死了，事務所得重新洗牌。」

蘇漾無視林鋮鈞的胡言亂語，隔空與顧熠對視，此刻，她只想用咖啡杯砸他的頭。

不管顧熠是出於什麼原因放大家下班，為免顧熠反悔，大家都毫不猶豫地收拾東西走人，一個比一個動作快。

林木森沒什麼東西要收，只是把電腦裡的圖存檔，然後關掉電腦。見蘇漾往茶水間走去，便小跑兩步跟了上去。

「等一下要幹麼？」

「嗯？」蘇漾舉著空空的咖啡杯，詫異地問林木森，「你問我？」

林木森的表情淡淡的，微微低頭瞥向蘇漾，「上次說的那個工地，現在天還算亮，能趕去看看。」說著，他看了一眼手錶，「看完工地，如果妳不介意，我想請妳看個電影吃個飯。」

蘇漾沒有太多和男人相處的經驗，腦子還沒轉過來，有些呆愣，一抬頭就看見顧熠和林鋮鈞的身影。

他們一前一後地向茶水間走來。

不等蘇漾回答，顧熠已經繞到蘇漾身後，當著林木森和林鋮鈞的面，一把攬住蘇漾的肩膀，完全不掩藏骨子裡霸道的占有欲。

他眸中一片陰霾，嘴角不爽地輕輕一扯，帶著幾分挑釁：「林工，你要約我女朋友去看電影？」

第二十二章　建築師

蘇漾覺得這個場面實在有些詭異，尤其顧熠的語氣，完全一副動物搶地盤的架勢，讓她感到十分尷尬。

比起顧熠的氣勢洶洶，林木森的眸子裡閃過一絲意外，很快就鎮定下來。隨即他淡淡的一眼掃過來，聲音沉穩地問道：「你們在一起了？」

他的視線始終落在蘇漾身上，完全沒有看顧熠，只是專注地等蘇漾回答。

顧熠的手還攬在蘇漾肩上，蘇漾怕被更多人圍觀，嫌棄地用手肘撞向顧熠，他毫無防備，吃痛放開。

蘇漾瞪了顧熠一眼，示意他不要再上前，然後看向林木森，表現落落大方：「才決定的，還沒和你們說。」

「喲──」林鋮鈞一聽，倒是比當事人還激動，立刻一拳捶在顧熠肩頭，「你可以嘛，就這麼得手了。」

顧熠得到蘇漾的肯定，心情大好。他揉了揉被捶痛的肩頭，沒有再說什麼，只是暗暗較勁地瞥了林木森一眼。

林木森臉上帶著若有似無的笑意，來回看著他們二人，微微頷首，也沒什麼尷尬的表情，淡淡「噢」了一聲。

蘇漾不想被人調侃秀恩愛，所以什麼都沒有再說，咖啡也不泡了，把顧熠往後一推，回辦公室去了。

不用加班，林鉞鈞倒是很夠義氣，主動帶林木森出去放鬆。

作為一個情場老手，他自然看出林木森對待蘇漾有些不同。

菜單都不用看，林鉞鈞熟練地點了幾種酒，很大氣地和林木森說：「今天我們兄弟倆，不醉不歸。」

林木森皺眉瞥了林鉞鈞一眼，滿眼嫌棄：「你最好別喝太多，我從不扛醉鬼回家，你醉了就睡在這裡。」

「別啊。」林鉞鈞笑，「你要是不管我，我會被那些女人撿回去占便宜。」

林木森：「……」

時間越晚，酒吧裡的人越多，林鉞鈞和林木森兩個長相出眾的男人，一起坐在消費較高的貴賓區，時不時就有穿著妖豔的女人過來搭訕。

林鉞鈞已經厭倦了這種生活，雖然會禮貌地請人喝一杯，卻防得滴水不漏，完全不給那些女人近身的機會。比起林鉞鈞的長袖善舞，林木森可謂冰山一座，看都不看那些女人。

酒很快送上來，林鋮鈞為林木森倒了滿滿一杯酒，帶著幾分兄長的語重心長：「我跟你說，顧熠真的很不容易，都追五年了，沒見過幾個人比他更痴情。」

林木森皺眉：「所以？」

「你還年輕，你多的是機會，他都一把年紀了，讓他吧。」

「不知道你在胡說什麼。」林木森舉起酒杯，側過身去，完全不想搭理林鋮鈞。

林鋮鈞喝了一杯酒，突然好奇地挪過去問林木森：「我很好奇，你們欣賞她哪一點？還是因為周圍女人太少，沒什麼選擇？」

林木森抿了一口酒，表情很冷靜。

「固化的背景、生活方式、人際關係，每個行業都有每個行業的特點。因為彼此了解，才能彼此理解。我可以找一個溫婉可人和我行業完全無關的女人，我提供她足夠的經濟支持和生活關懷，她為我照顧父母、養育孩子，也許能這麼生活下去，但是如果一輩子都話不投機，那該有多麼寂寞？」

見林木森表情認真，林鋮鈞也有些訝異：「你還真的喜歡蘇漾啊？沒道理啊，你們認識沒多久啊。」

「重要的是合適，如果感情能以時間累積，你長期和母豬在一起生活，你就會娶母豬為妻嗎？」

林鋮鈞笑了：「我為什麼要和母豬一起生活？」

林木森臉上卻沒有一絲笑意：「所以你什麼都不懂，就不要來亂。」

「好好好。」林鋮鈞做出投降的姿勢，心想果然怪物所見略同，林木森骨子裡和顧熠一樣，完全是個偏執狂，神經病。

「哎，我身邊的怪物怎麼都看上蘇漾，那丫頭可真不容易。」

「……」

說起來，蘇漾真的沒有太多和男人約會的經驗，不過她很喜歡參與社交生活，比如她會經常出去走走，也會和同學、學生聚餐之類的。

但以蘇漾對顧熠的了解，他應該根本沒有這方面的興趣才對。

看著他生疏地找電影院，站在櫃檯前，挑選他完全不感興趣的愛情片，蘇漾就覺得好笑。

不管顧熠在工作上多麼出類拔萃，他也有他的短處，人總歸不可能事事都擅長。偏偏他又好面子，明明不擅長，也不向蘇漾求助和詢問，完全依照直覺辦事。

黑著一張臉買完爆米花和可樂，顧熠走回蘇漾身邊：「不是週末，人倒是很多，看來都不用加班。」

蘇漾笑：「人太少就沒氣氛了。」

說來很巧，顧熠選的愛情文藝片裡，男主角剛好也是建築師。唯美的畫面為觀眾塑造了一個全新的行業——電影裡的建築師。

顧熠全程沒有說話，也沒有評價那些鬼扯的劇情。

走出電影院，他丟掉爆米花和空可樂杯。

蘇漾以為他會吐槽，畢竟電影裡超多ＢＵＧ，他又是專業人士，看到這種不專業的人寫的東西，應該會如坐針氈吧。

然而顧熠的表情很是平常，轉過身來，問蘇漾：「妳覺得電影怎麼樣？」

「我覺得挺感人的，男主角為了女主角放棄一切，可是女主角根本不記得他，看著她披上婚紗嫁給別人，他還對她笑，怕她有負擔，不能遠走。」

「嗯，喜歡就好。」

蘇漾抬起頭問他：「是不是有很多不專業的地方？」

「嗯？」顧熠回問蘇漾，「妳是說裡面隨便展示的設計圖是雪梨歌劇院，還有男主角用一個晚上就畫完一整套設計到施工圖，結構也自己算完了，對吧？」

「原來你都看出來啦？」蘇漾笑，「我看的時候也挺難受的，不過後來告訴自己要專心看劇情。」

顧熠笑：「看電影的人，要麼是打發時間，要麼就是和我們一樣，為了約會，找一個活動消磨時間，看完之後還有共同的話題。這不就是這部愛情電影的使命？」

聽到這裡，蘇漾倒是安靜了下來，聽他說話。

「如果連一個寫愛情電影劇本的人都能寫得完全不出錯，把設計做得完美無缺，那我們這些專業人士還怎麼混？」

「那我們只能去寫劇本了。」

看著蘇漾開玩笑的表情，顧熠摸了摸蘇漾的腦袋，溫柔地說了一句：「傻丫頭。」

顧熠在同一個商場裡訂了一家很有名的網紅餐廳，據說要提前一週預訂才有位子。很受年輕人追捧，蘇漾也聽石媛說過。

兩人坐電梯下到四樓，他們來得早了一些，要在外面等候。這種時候對於兩個剛交往的人來說，真的是得沒話找話聊了。

蘇漾和顧熠並排而坐，所有位子都坐滿了人，耳邊一直傳來喁喁私語，時不時夾雜著歡樂的笑聲。

比起別人，蘇漾和顧熠這場戀愛實在談得太冷靜。

顧熠閒適地靠在椅背上，也不著急，低聲問蘇漾：「妳對林木森到底是什麼感覺？」

蘇漾的眼睛一直盯著旁邊的小孩，他手上拿著一個魔術方塊，認真地轉著，上轉轉，下轉轉，怎麼都轉不出相同的顏色。

「什麼感覺？我對林木森能有什麼感覺？同事啊。」

顧熠見蘇漾態度很隨意，又換了一個方式問：「妳對他這個人，怎麼看？」

蘇漾的視線從孩子的魔術方塊上移開，看向顧熠：「挺合的吧，他很懂我的一些設計想法，畢竟組成搭檔，總是要比別人多點默契。」

聽到這裡，顧熠不覺皺了皺眉：「替妳換個結構技師吧。」

「為什麼？」蘇漾的表情有些無奈，「你吃醋啊？」

「嗯。」顧熠說，「他都約妳看電影了。」

蘇漾哭笑不得：「他也挺孤傲的，大概是沒朋友才約我吧。」

對於林木森，蘇漾倒是無意繼續聊下去，她的目光又看向孩子手上的魔術方塊。

見蘇漾一直看著旁邊的小孩，顧熠微微挑眉，不正經地問了一句：「妳喜歡小孩？」

蘇漾向來喜歡小孩，對此沒有否認：「小孩可愛。」

「噢？」顧熠瞄了蘇漾一眼，輕輕咳了咳，「妳要是喜歡小孩，我倒是可以給妳一個，不過妳得配合。」顧熠意味深長地抿唇，「妳喜歡男孩還是女孩？」

蘇漾沒聽顧熠胡扯，她腦中靈光一閃，突然轉過頭來，很認真地說了一句：「你覺得，可以動的建築，怎麼樣？」

「……這個能生得出來？」

「呿，我是說東城的專案，結合光、水、植物，將整個建築群做成動態的，像魔術方塊一樣，不同的面，會有不同的效果。」

「……」看著蘇漾認真的表情，顧熠的嘴角忍不住抽動，他挺直了背脊，居高臨下地睨了蘇漾一眼，「妳猜我為什麼放所有人下班？」不等蘇漾回答，他便說道，「因為我想單純地和妳約一次會。」

「所以呢？我現在不是在和你約會嗎？」

「妳，蘇漾，和我的話題，居然還是工作？」

蘇漾被顧熠指責，委屈地嘟起嘴，抱怨道：「是你先說工作的啊？」

「我哪裡有先說工作？」

「你先提起林木森的啊。」

顧熠原本是真的有點不爽，一聽她毫不猶豫地把林木森歸類到工作，沒有一絲曖昧，瞬間又覺得心情大好，一點都不生氣她說工作的事了。

蘇漾皺著眉頭看他，見他不說話，便擺出理直氣壯的樣子：「你自己說，是不是你先開始說工作的？」

顧熠放鬆地靠回椅背，笑瞇瞇地點頭：「是我。」

這幾年下來，蘇漾和顧熠都有改變。蘇漾不再視工作為繁重的壓力，學會享受其中的樂趣；而顧熠不再嚴肅到把工作帶回家，努力將私生活與工作切割，也學著享受都市生活的各種小樂趣。

吃完飯，顧熠送她回家，兩個都沒什麼戀愛經驗的人，第一次很認真地聊起彼此的興趣、星座、血型。蘇漾覺得這種相親一樣的對話實在有趣：「說起來，我們對彼此真的不是很了解，但我心裡卻一直覺得我們很熟，這感覺真奇怪。」

顧熠笑：「因為我們是同行吧。」

想到以前聽說的許多故事，蘇漾突然很感慨地對顧熠說：「其實我以前，從來沒有想過要和建築師談戀愛。」

「為什麼？」

「兩個人都太忙了，尤其我們還是上下屬關係，很難把工作和生活澈底分開。」

「比如說？」

「比如我們上班的時候，因為公事吵架，感覺下了班還會接著吵。」

很顯然，顧熠對於這個話題感到新鮮，他眉頭輕挑：「為什麼？」

蘇漾撇嘴：「人不是機器，怎麼可能把情緒管理得那麼好。」

「也對。」顧熠的表情很是輕鬆，只是輕描淡寫地說，「那我們就約法三章。」

「嗯？」

「不管工作上怎麼吵架，下了班都必須和好。」

蘇漾看了顧熠一眼，嘴角輕輕扯動：「我以為你會說，那就什麼都讓著我。」

「噢？原來一般的劇本，是要這麼回答的嗎？」

見顧熠表情認真，蘇漾笑：「不過我也沒有這麼期待過，你從來不是公私不分的人。」

「這份工作，沒辦法帶入太多私人感情，是一個團隊作業，一榮俱榮，一損俱損，不止是你我兩人。」

顧熠一認真起來，蘇漾就有些後悔，真不該挑起這個話題。

「這是自然，我也不是為了工作能輕鬆一點，才選擇和你在一起。」

和顧熠在一起後，蘇漾總算是理解了，石媛不久前和她感慨的話。

女人過了一定年紀以後，對愛情的渴望會降低很多，不再那麼感情用事，能理性去看待男性的一些選擇。尤其是事業型女性，對自己的定位會有很多改變。

二十出頭的時候，蘇漾希望自己是愛人背後最堅強的後盾，是他遇到任何困難可以回頭的歸巢。而如今，蘇漾更希望自己能在廣袤蔚藍的天空飛翔。

蘇漾回過頭看著顧熠，安靜的車廂裡，只有廣播頻道裡的悠揚樂音，讓人心思沉定：「如果，我說如果，有一天我的成就超過了你，你會怎麼樣？」

「還會怎樣？」顧熠滿臉自信，「當然會為妳高興。」

「你不會覺得沒面子什麼的嗎？」

「為什麼會？」顧熠笑，「兩個人在一起，一個人走得遠，就帶著另一個人繼續前行。成就不分男女，如果妳能飛向高空，那麼，妳想飛多遠就飛多遠。」

聽到顧熠的話，蘇漾突然覺得心裡暖暖的，暗暗覺得自己的選擇沒有錯。

顧熠是一個足夠強大，也足夠自信的男人。

見蘇漾不說話，顧熠打趣道：「怎麼？還沒出名就已經開始計畫以後出名要把我甩了？」

蘇漾笑，也順著他的玩笑說下去：「這很難說，世界這麼大，男人那麼多……」

「我現在在開車。」

蘇漾小命掌握在人家手裡，立刻見風轉舵：「男人那麼多，都比不上你一個。」

顧熠冷哼一聲：「算妳識相。」

蘇漾回到家，將新的方案大致做成概念草圖，熬到凌晨。

第二天早早就起床，準備找顧熠討論，結果顧熠因為上午要出去開會，不在事務所。

蘇漾對「動」這個想法非常喜歡，幾乎滿腔熱情，憋不住的她，忍不住找了林木森討論方案的可行性。

林木森剛和別人開完會，還沒從小會議室出來，就見蘇漾拿著電腦和圖紙過來，微微怔了怔：「妳怎麼過來了？」

蘇漾比他還莫名：「我怎麼不能過來？我想和你討論方案。」

「噢。」林木森這才反應過來，收斂起其他情緒，進入工作狀態。

林木森沖了兩杯咖啡，遞了一杯給蘇漾。

「說吧，想討論什麼？」

蘇漾打開電腦，並將畫好的概念草圖給林木森看。

「這是我為東城改建設計的新方案，我想以『動』為主題，就像魔術方塊，以錯落感的建築為主體建築。」

「魔術方塊？」

「魔術方塊橫向、縱向，順時針、逆時針轉動能帶來不同的顏色搭配，如果建築也能這樣動起來，豈不是很有趣？」

林木森摸了摸自己的下巴，思索了一下，才以平靜的聲音說：「這似乎難以實施，魔術方塊由二十六個立方體和一個3D的十字連接軸組成，這種物理結構想要在建築上實施有點異想天開。」

蘇漾才剛開始說，就被林木森否決了，內心有點小沮喪：「沒有別的辦法嗎？」

林木森見蘇漾眼底閃過挫敗，安靜了一下，又說：「要說動，也不是不可能，上城新建的藝術中心，也是會動的建築。」

「你是說『流蘇』的那一個？」

上城新建的藝術中心，坐落在黃浦江畔，迅速取代周圍的超高樓，成為新地標，因為藝術中心的英國設計師湯瑪斯以古代皇帝的冠冕和戲曲舞臺的幕簾為創作元素，在建築周邊建立了一個「流蘇」系統，多層的「流蘇」可以錯落移動，打破大眾對於建築的刻板印象。

「那個方案確實特別，我也承認很美，但那並不是我想要的『動』。」蘇漾撇了撇嘴，很認真地說，「我想要的『動』，是和景致相結合的，就像旋轉餐廳一樣，每隔一段時間，看到的景色就會變化，就好像追著光一樣。」

從林木森個人的角度來看，蘇漾確實是一個很有想法的設計師，但是從結構技師的角度，很多天馬行空的想法是很難實現的。他考慮許久後，還是說出了自己的憂慮：「橫向轉動還可以嘗試，就像旋轉餐廳一樣，但是縱向的話，從安全性來說難以實施。而且建築也不可能像魔術方塊一樣正過來，倒過去。」

「那如果只是橫向呢？每一層都橫向，讓建築沒有一個具體形態，每時每刻都有些微差別，這種呢？」

「如何提供能源讓建築動起來？是不是太耗電了？」

蘇漾想了想說：「風力、太陽能、渦輪機？」

林木森始終皺著眉：「就算能源可以解決，建造時間和成本呢？」

「預鑄呢？現在預鑄工法已經開始推廣，在工廠生產大部分零件，然後運往工地。這樣只需要在工地完成核心結構，成本降低，人力減少，也更環保。」

很顯然，蘇漾是有備而來，不論林木森問什麼問題，她都能很快給出答覆，這倒叫他沒辦法說下去了，忍不住一字一頓道：「蘇漾，妳真的很大膽。」

蘇漾笑：「那你敢嘗試嗎？」

林木森聳了聳肩：「我有選擇權嗎？」說著，嘴角勾起一抹笑意。

他一張一張看著蘇漾的概念草圖，彷彿隨口問道：「妳和顧工說了嗎？」

「還沒。」蘇漾收起電腦，「準備下午開會的時候說。」

林木森將圖紙遞還給她：「那妳得好好考慮一下，該如何說服顧工。妳提出的兩個主體建築，都已經有知名大企業進駐了。一個是藝術館，一個是演藝中心。要怎麼說服別人接受妳的方案，也是個大問題。」

提起顧熠，蘇漾的表情溫和了幾分，對於這一點她沒有特別擔心：「我覺得他會支持。」

「噢？」林木森笑，「據我所知，顧工在工作上還是比較強勢的。」

「畢竟我有後門。」蘇漾開玩笑說道，「他要是不同意，我就每天纏著他說。」

聽到蘇漾彷彿撒嬌一樣的語氣，林木森好看的眸子裡閃過一絲失落，但那一絲失落很快就被別的情緒取代，蘇漾甚至沒有發現他的異樣。

他抿了一口有些冷掉的咖啡，表情淡淡：「妳喜歡他什麼地方？」

「嗯？」

林木森的眼神很坦然：「我只是好奇，你們看起來並不像一路人。」

蘇漾不擅長和別人談論自己的感情，也不是很懂得表達，對於顧熠的感覺基本上就是難以言傳，便隨性回答。

「可能是因為他太纏人了吧？」

「纏人？」林木森想想平時一本正經的顧熠，有些難以想像，「倒是看不出來。」

蘇漾笑：「我是個挺怕麻煩的人，他先來了，纏了這麼多年，就乾脆接受。」

林木森的手握著咖啡杯，許久沒有說話。

蘇漾沒在意他隨口問的問題，只當男人也會八卦，就閒聊了幾句。

蘇漾整理好自己的概念草稿，夾上筆記電腦：「我先回辦公室了，我要把方案按照我們聊的橫向構想再重新思考一下，下午開會，我就把這個想法提出來，聽聽大家的意見。」

蘇漾禮貌地笑了笑，剛要轉身，手臂卻被林木森抓住。

她下意識地回過頭，看向他握住的手臂，有些詫異：「林工？還有事嗎？」

「先別走。」他的聲音低低的，卻帶著幾分霸道。

他稍一用力，蘇漾就被他拉了過去，他單手按住她的肩膀，又將她按回旋轉椅上。

他站在蘇漾和會議桌中間，後腰抵著會議桌，雙手後撐。

蘇漾抬起頭看他，他則微微往前傾身，兩人以很曖昧的姿勢對望，蘇漾覺得這個距離有些不舒服，本能地把旋轉椅往後退了退。

不想林木森一腳踩住旋轉椅的輪子，她退了兩下，退不動。

「林工？」她第二次喚他，這一次帶著幾分不悅。

兩人之間的氣氛瞬間變得緊張，蘇漾皺著眉頭，盯著林木森。

林木森也低頭看著她，目不轉睛。

「蘇漾。」他頓了頓，「妳不覺得，以先來後到這種方式選擇男人，真的太草率了嗎？」

第二十三章　競標

蘇漾不過隨口一說，帶著幾分開玩笑的口吻，不想林木森居然這麼認真，倒讓蘇漾嚇了一跳。

林木森控制住旋轉椅，蘇漾退不開，不得不與他對視。

林木森的長相和顧熠是完全不同的類型，顧熠濃眉大眼，面相肅然，一副大男人的模樣，不說話就震懾感十足，屬於會嚇到小孩子的那種；而林木森，微微斜飛的眼睛，睫毛很長，長到眨眼的時候，會有淡淡的陰影清淺地投在臉上，鼻子很挺，鼻梁中間有一小節明顯的骨骼，英朗中帶著幾分秀氣。再加上工作之故，以及有好多年的菸齡，氣質屬於粗糙中有細膩的那種，整個人完美演繹出「矛盾」這個詞。

說真的，如果依照蘇漾以前的喜好，林木森長得更符合她的品味，可感情的事就是奇怪，她越是為自己的理想型定下一些條件，真正動心的對象，越是南轅北轍。

「先來後到」也許真的有一定道理，正因為顧熠先出現在她的生命裡，她才將理想型從一個縹緲的輪廓變成一個真實存在的人。

面對林木森的質問，蘇漾冷靜了幾秒才鎮靜地回答：「林工，這似乎和你沒關係？」

林木森的眉頭皺得緊緊的，眼眸微微閃爍，以一種疏離又寂寞的口吻說：「我十九歲開始抽菸，菸齡十二年。從來沒有想過要戒菸，直到有人勸我戒菸，她說，抽菸會禿頭，沒有女孩子會喜歡。」

蘇漾聽到這裡，微微愣住，怎麼都沒想到，自己隨口的一句玩笑話，居然是林木森近來戒菸的理由。

這一刻，她終於理解顧熠對林木森的敵意其來有自。

誰說只有女人敏感，男人不是也一樣？

她突然覺得，作為一個女人，她真的很不合格。

「那是我瞎掰的。」蘇漾看著林木森，臉上有些尷尬，「我不喜歡抽二手菸，也不喜歡菸味，就……亂編了一個理由。」

「我知道。」

林木森沉默許久，久到蘇漾以為他根本沒有聽見她說什麼。他卻突然開口：「但是知道妳不喜歡，我就戒了。」

「林木森……」

不等蘇漾說話，林木森已經開口阻止她。

「蘇漾，我年過而立，從來沒有想過談戀愛，妳是第一個。」他不給蘇漾任何一絲退卻的機會，招招直擊，「出差的兩天，到底發生了什麼事？」

「……」

不管過程如何，蘇漾和顧熠已經在一起了，這就是結果。她蹙著眉，也不知道該說什麼，感覺說什麼都不對。

她和林木森一起工作的時間，比和顧熠還要長，不管是近期還是長遠來看，作為一個建築師，能找到一個理念契合、彼此理解、技術扎實的結構技師真的不容易。。

蘇漾突然想起石媛說的話，她勸蘇漾離開Gamma，因為如果有一天和顧熠分手了，工作才不會成為雞肋。如今沒有和顧熠分手，倒是因為林木森，提前領悟了這種尷尬。

腦子艱難地轉動著，怎麼也想不出合適的回答，蘇漾正左右為難之際，會議室的門突然被人推開。

「呩噠」一聲，會議室的門後鑽出一個小腦袋。

小橙一臉興奮地看著蘇漾，揚聲說道：「蘇工，我到處找妳，趕快來，顧工回來了，急著要開會呢。看樣子是大事，十萬火急！」

說完，小橙的注意力才落到一旁的林木森身上，因為林木森每天和蘇漾一起工作，所以沒注意到他們此刻微妙的氣氛，只是隨口說道：「林工，你也一起啊，開會了。」

小橙通知完畢，就毫無懷疑地走出會議室，臨走前甚至習慣良好地把門關上。

會議室重新恢復安靜，但是兩人的心情卻全然不同。

林木森終於從蘇漾面前挪開，蘇漾重獲自由，得以起身。

「走。」

林木森的臉色不算太好，最後只輕輕吐露出這麼一個字。

他說那些話，到底是什麼目的？蘇漾有些摸不著腦袋。

🏠

顧熠剛從萬世回來，關於東城改建的專案，好幾個方案都被甲方會議否決了，讓顧熠不得不插手這個案子。

顧熠風塵僕僕地回到事務所，臉上一絲笑容也無。所有人都收到這個訊號——顧熠心情不好。

因為萬世和恆洋集團都與顧熠有關係，所以這次的專案沒有經過競標，整個順序都顛倒了過來，進而導致規劃出了N個方案，設計概念卻是遲遲沒有定下來。東城這塊地本來就因為拆遷耽誤了許多年，方案再一耽誤，甲方的萬世和恆洋都十分不滿，作為開發商，他們需要拿到概念方案去取得審批。

可是作為建築師，無論如何都想要爭取更多的時間。

和甲方單純的經濟考量相比，建築設計師，還是有藝術家的一面。

兩邊的想法和作法都沒有錯，只是出發點不同。由於東城的規劃還沒有被甲方肯定，這個專案還處於多方嘗試的階段。

顧熠也看得出來，蘇漾已經有點亂了。

東城改建的專案，規模和投資金額都不是目前蘇漾的資歷可以接下來的。在這個專案上，Gamma沒有和別的設計院合作，準備獨立出圖，顧熠作為蓋出圖章的設計總監，可以說給予蘇漾極大的自由。蘇漾要求不干涉，顧熠就完全沒有干涉。但是蘇漾提出的方案，因為太過中規中矩，被甲方否決了很多次。

萬世的肖叔叔一向疼愛顧熠，這個專案也是他一力做主發給顧熠的事務所，因此同意顧熠帶蘇漾這個資歷較淺的建築師來做，但是進展一直不順利，他也有些著急了，尤其是知道蘇漾剛成為顧熠的女朋友，誤以為顧熠是拿專案討好女人。雖然他沒有對顧熠發火，卻還是委婉地說：「這女孩還需要磨練，要不你親自接手吧？」

顧熠因為多方壓力，不得不重新插手東城改建的專案。

關於這些，蘇漾並不知情。

蘇漾本來想單獨找顧熠開會，結果顧熠臨時通知開會，大家都有些戰戰兢兢。

蘇漾拿好了自己的電腦和圖紙走出辦公室，才發現顧熠組裡所有的王牌設計師都到了會議室。

顧熠選了Gamma平時用來做報告的大會議室，可以同時容納三十個人，但是開會的卻只有九、十個，還包括林木森在內。

少少的人圍坐在長方形會議桌兩側，離得遠，更讓人覺得緊張。顧熠坐在人少的那一邊，左右分別坐了兩個蘇漾不認識的人。

蘇漾進入會議室後，也感受到緊繃的氣氛，沒有說話，蘇漾和顧熠組裡的王牌們坐在一起，選了個比較角落的位置，林木森則坐在她旁邊。

兩人完全沒有交流和對視，氣氛尷尬。

所有人到場後，顧熠簡單介紹了一下左右的人。

左邊的男士，「這是歌氏這次的負責人，劉旭。」

右邊的女士，「這位是尚司的專案經理，馮倩。」

他一介紹完，在場的人心裡都撲通一跳。

歌氏是N城最大的拍賣行，他們和萬世談妥了入駐，東城改建的兩大地標，其中之一就是歌氏的藝術館；而尚司是影視、文化全面發展的上市公司，拿下了東城改建的另一個地標建築，主題演藝廳。

蘇漾只和萬世的肖總見過面，對於實際落地的公司負責人還沒有正式接觸。現在顧熠突然把人帶過來，蘇漾也不覺有些緊張。

會議室裡肅殺的氣氛，自蘇漾回到 Gamma 這麼久以來，還是第一次遇見。

顧熠在 Gamma 擁有絕對權威，介紹完來賓以後，他輕輕咳了兩聲，表情嚴肅地開始說話：「我這次帶了兩位負責人過來，是希望他們和大家說明一下，他們具體的需求，這樣能給你們更多靈感。」

兩位負責人態度很謙遜，笑瞇瞇地點了點頭，逐一開始說明定位和訴求。

這是兩棟非常特殊的建築，歌氏作為一個藝術拍賣行，卻要做一個中式藝術品的藝術館，而尚司的主題演藝廳，則是全現代化的科技型演藝廳。這種完全背道而馳的需求，讓現場所有建築師都陷入沉思，包括蘇漾。

「把藝術館和演藝廳安排在一南一北，可以嗎？」顧熠組裡的設計師問。

顧熠皺眉：「交通最便利的，是義塾橋的那條路，甲方的意思是不改，還是希望鄰近那條路，引流。義塾橋那邊要開新的捷運線，這樣能保證兩個主題建築的影響力，也能讓甲方比較容易拿到審批。」

「可是這個風格也差得太遠了。」

那個建築師說出了蘇漾想說的話。蘇漾做的是整體規劃，如今其中的個體出了問題，她也覺得措手不及。

蘇漾的手緊緊握著自己手上的圖紙，想和顧熠，也和兩個需求方說明一下自己的新想法。她雙手握了握拳頭，在一片沉默中，輕輕抿脣：「其實我現在有一個新的方案……」

蘇漾像和林木森講述的時候一樣，慢條斯理地開始說明自己的新概念。尚司的負責人因為是發展科技的，對蘇漾的想法倒是頗感興趣，聽得津津有味，但是歌氏的負責人，卻是越聽越皺眉。

因為直接關係到兩個主建築，所以大家都很謹慎。

比起林木森只是提了幾個問題，大家的問題多到蘇漾簡直應接不暇。可是目前這個方案還只是一個概念想法，蘇漾還沒有考慮得太周全，問題接踵而至，到後來，蘇漾整個人都有些暈頭轉向。

就在她腦袋發昏，不知道誰在問她問題的時候，一直坐在她身邊一言不發的林木森，突然將問題接了過去。

「這個方案在我們的會議上，都能引起這樣的討論，我倒覺得要是真的能把這個方案實施出來，外界會更為轟動。」林木森說，「也許，這是一個很好的時機，建築界也該有新的東西出現了。」

坐在蘇漾另一邊的設計師，顯然對林木森的話並不買帳：「建築界每天都有新的東西。」

「那只是外形上的，而現在蘇工的方案，是改變建築內部的東西。」

新一輪的激烈討論讓蘇漾深刻意識到，開會之前，林木森說的「大膽」是什麼意思，連事務所都出不去的方案，要如何說服甲方？

蘇漾忍不住將求助的目光投向顧熠。

顧熠一直冷靜地坐在一旁聽大家的意見，不點頭也不搖頭。蘇漾求助地看向顧熠，顧熠側眸與她四目相對，然後敲了敲桌子。

「安靜。」

還是一貫的泰然與威嚴，會議室裡瞬間安靜下來。蘇漾聽見他的聲音，心思也跟著沉定下來。

顧熠動了動腦袋，目光落在蘇漾身上。

「蘇工，妳能不能解釋一下，讓建築動起來的意義是什麼？」

蘇漾原本以為顧熠讓大家安靜，是要為她說幾句，不想他的槍口也和大家一樣，對準了自己。

這讓她的胸口都跟著緊縮。

為什麼讓建築動起來？那是蘇漾靈光一閃的概念。此刻，在眾人質疑的目光下，她只能憑著直覺回答。

「現代國內的建築，越來越追求建築的高度，要追上紐約，追上杜拜，這種風氣也就是傳說中的『洋氣』。建築越做越高，就像人類的欲望一樣，日漸膨脹，在鋼筋水泥的叢林裡滋生。其實我覺得，這只是一種資本崇拜、權力崇拜。」蘇漾的手緊緊握著自己的草圖，在各方的注視下找回自信，「而我希望，我們的城市是一個精神家園，是讓人有共鳴的，而不只是高大、宏偉。我想讓建築動起來，是因為動起來的建築，好像有生命一樣，每一刻都是不同的樣子，就像人生。」

顧熠聽完了蘇漾的解讀，對她的想法不置可否，只是淡淡問了一句，「那妳打算如何解決社會上對於預鑄工法的質疑以及不安全感？」他頓了頓，又道，「想像力可以天馬行空，可是想要落實，就必須考慮外界的聲音。在妳想到答案之前，這個方案，先擱置。」

走出會議室的那一刻，蘇漾終於找回自己的呼吸，整個人愣愣地摸著自己發燙的臉頰，耳朵都紅了，頭皮發麻。

站在會議室外的牆邊，蘇漾還無法將顧熠說的那些話從腦海裡抹去。

在會議上，蘇漾被顧熠最後的幾句話嗆得幾乎啞口無言。

要不是尚司的那個女性負責人，笑瞇瞇地以一個玩笑話解圍，蘇漾甚至覺得自己可能會因為缺氧而昏倒。

明明那麼多人說她的方案不行，她都撐過來了，還能理性地和別人解釋，為什麼顧熠沒有站在她這一邊，讓她這麼在意？甚至都有些忘了自己的初衷？

這是不是代表，她真的不是一個專業的建築師？

會議結束後，顧熠還在會議室裡和別人說話，時不時傳出他沉穩有力的聲音，一字一句都極有條理。

蘇漾聽了一下，最後輕輕吐一口氣，拿著電腦和圖紙往辦公室走去，腳步有些沉重。

林木森從會議室裡出來，無聲地走到她身邊，拍了拍她的肩膀，壓低聲音：「還好嗎？」

林木森的眉頭微微皺著，眼中流露出幾分擔心。

蘇漾抬頭看了他一眼，咬了咬嘴唇，倔強地搖搖頭：「沒事。」

「這個方案確實難以實施，尤其在這麼大型的專案上。」林木森斟酌著用詞，「也許還可以再想一想。」

蘇漾聽到林木森這麼說，胸口微微波動，她轉過頭問他：「既然你也覺得不可行，為什麼要幫我？」

「妳應該明白我為什麼幫妳。」蘇漾的問題讓林木森眸光微閃，「因為我欣賞妳。」

欣賞，這算是很保守的說法，可是蘇漾明白，他話中的含義是什麼。

蘇漾仔細想了想，「我真心希望我們能保持適當的搭檔關係，如果你做不到。」蘇漾頓了頓，「我可以向林工申請，將你調去別的組。」

林木森臉色變了變，眉頭微微皺了起來。

「不必。」

「林木森……」

蘇漾剛說出林木森的名字，背後就傳來顧熠的聲音。

「蘇漾。」

蘇漾應聲回頭，顧熠已經和人聊完，向蘇漾走來。

走廊上的人漸漸散去，因為專案的壓力太大，大家的臉色都不算太好。而這一切的始作俑者，就是顧熠。

此刻，顧熠一步一步走到蘇漾身邊，氣勢洶洶的樣子。

不等蘇漾說什麼，他已經一把攫住蘇漾的手臂，根本不管蘇漾是不是反對，甚至沒有給她時間表達意見。

「跟我過來。」他說。

蘇漾被他用力拉走，手臂不小心刮到牆邊的盆栽。

沙沙的聲音，撩動人心。

顧熠的辦公室大門緊閉，將兩個人隔絕在密閉的空間裡。

從辦公室的窗戶向外看，窗外正下著雨，不過下午三點多，天卻已經黑沉沉的，像晚上六七點。

蘇漾被顧熠按在辦公室的沙發上，這裡很多陳設都變了，裝潢翻新，格局卻依舊是老樣子。顧熠轉過身在櫃子裡翻找，細碎的燈光落在他身上，蘇漾的視線落在他質感硬挺的肩線上，有些出神。

顧熠從櫃子裡找出極少用到的醫藥箱，然後提著那個小箱子走到蘇漾身邊。半跪在蘇漾面前，打開醫藥箱。

「手伸過來。」他的聲音低低的。

蘇漾還沒反應過來，他已經將她的手拉了過去，稍微一抬，就看見她手臂上刮到盆栽的地方，多出了好幾條血痕。

怪不得手臂感覺有點火辣辣的，她那麼怕痛的人，竟然沒發現自己受傷。

看著顧熠拿出棉花棒和優碘，在她手上一下一下地塗著，動作不算溫柔，按壓在傷口上，蘇漾卻始終一言不發，只是低著頭，看著他的頭頂。

「妳畫過國畫嗎？」顧熠低頭看著蘇漾的傷口，仔細檢查著，說話的口吻彷彿閒聊，「我記得妳從小就學畫，應該什麼種類都學過吧？」

蘇漾不明白顧熠的用意，看了他一眼，低聲回答：「嗯。」

「沾著墨的筆畫在暈染力極強的宣紙上，不可能每一筆都豐盈充沛，所以有輕有重，總有留白和稀疏的地方。正因有這樣氤氳蕭疏的不同，國畫才更為生動，意境不同。」

蘇漾聽完顧熠的話，沉默了兩秒：「你想說什麼？」

「如果用力過猛，不僅沒有驚世飄逸之感，宣紙還極有可能被戳破。」顧熠輕輕一笑，輕描淡寫地說，「妳學過國畫，是不是這樣？」

「……」聽到這裡，蘇漾終於聽懂他拐彎抹角的那一堆話，蘇漾笑，「不用這麼委婉，你直說無妨。」

塗好了藥，顧熠收起醫藥箱，隨手放在沙發前的茶几之上。

兩個人之間緊繃的氣氛平緩許多。

「抱歉，剛才太激動，害妳受傷了。」

看著顧熠的表情，蘇漾的內心極其複雜。

「這點小傷，我在工地也經常碰到。」蘇漾深吸了一口氣，還是為自己被斃掉的方案不甘，「我想知道，為什麼你不肯給我機會嘗試？」

「我給了妳機會，妳回N城這麼久，專案毫無進展，我知道妳著急，但我還是希望妳腳踏實地。」

蘇漾聽到「腳踏實地」四個字，敏感地皺起眉頭：「我怎麼不腳踏實地了？」

顧熠頓了頓，以平靜的聲音說：「那不是方案，是一個青年建築師的白日夢。」

顧熠起身，往辦公桌的方向走去，他因為和蘇漾交往，私底下沒那麼在意原則，可是東城改建的專案，算是民用建築裡的大型專案，他作為設計總監責任重大，必須有所堅持。「這個專案的定位，是結合傳統與現代的特點，我希望是有節有度，不卑不亢，而不是以一種違背常規的方式來做。」

蘇漾對他的想法並不贊同：「你做過的專案，大多數都跳脫常規，為什麼要在這個專案上如此束縛我？顧熠，你大老遠叫我從X城回來，只是為了把我壓下去嗎？」

「蘇漾，我做過的大型專案多到妳數不清，我有我的分寸，這種經驗是妳缺乏的。據我所知，妳一直都在做三級左右規模的建築，妳知道這個專案投資多少錢嗎？妳有沒有想過，如果妳失敗了，妳、我，還有Gamma，將面臨什麼？」

他背對蘇漾，許久，態度依舊強硬：「這件事妳必須聽我的，這個專案我才是設計總監。」

蘇漾剛博士畢業，還沒有拿到一建資格，以往都是以曹子崢的名義，或者與別的設計院合作，只做前期概念方案。確實做得都是規模小、有極大創作自由的小案子。

在大型專案方面，她只能算是體制外的人員。

她沒想到顧熠會拿這個理由打壓她，讓她感到很震驚也很氣憤。

因為國內沒有人做過，就直接否決她的方案，讓她很不服氣。

蘇漾握了握拳頭，緩緩說道：「我會把具體的方案結合需求做出來，我知道你現在讓你組裡的建築師都跟進這個專案，那麼也給我一個公平的機會，我們ＰＫ，這樣行嗎？」

顧熠看了蘇漾一眼，他見識過這個女人的固執，越是強硬越會激起她反抗的情緒，半晌，他揉了揉太陽穴說：「我考慮一下。」

蘇漾沒有得到肯定的答案，但顧熠也沒有直接拒絕，她還是想繼續為自己爭取機會：「我去工作。」

「蘇漾──」

蘇漾沒有回頭，眼眸低垂：「顧熠，很抱歉，我突然發現，『上班吵架下班和好』這個方案，執行起來還是有點難度，給我一點空間，讓我仔細想一想。」

蘇漾第一次談戀愛，也是第一次和自己的男朋友吵架。

明明很想發脾氣，卻又必須維持理智的感覺，真是讓人難受極了。

坐在電腦前好幾個小時，蘇漾腦中幾乎一片空白，很奇怪，她以往在工作上幾乎是不可能發生這種狀況。

趴在電腦前休息，許久，有人敲了敲她的桌子。

蘇漾沒有睡熟，很快就抬起頭。

林鋮鈞斜倚著蘇漾的辦公桌，雙手抱胸，背著光，臉上的表情隱在陰影之下，只一雙笑眼矚目：「哈嘍，蘇工。」

林鋮鈞沒有參加下午的那場「世紀混戰」，噢不，是「專案會議」，但是會議上的劍拔弩張，烽火硝煙，還是很快傳到他的耳朵裡。

因為擔心顧熠和林木森，林鋮鈞不得不拿出他的春天姨母心，過來勸一勸唯一的女主角——蘇漾。

他敲了敲蘇漾的辦公室玻璃門，才發現她連門都沒鎖，趴在辦公桌上，他以為她在哭。

「哈嘍，蘇工。」

蘇漾抬起頭，沒有眼淚，表情很平靜，倒是比他想像的堅強許多。

林鋮鈞斟酌著用詞，緩緩說：「妳知道韓集和張清秋嗎？」

蘇漾不明所以：「寧城大學建院的教授？」

「嗯。」林鋮鈞態度溫和，「他們是Q大的同學，當年，作為建築系裡典型的學術派，韓集被分派去寧城，而典型的實務派張清秋為了追隨丈夫，放棄了留在北都的機會，作為支援三線建設的專業人員，跟去了寧城。」

蘇漾聽到這裡，皺了皺眉：「你想說什麼？」

「妳不覺得，這種夫唱婦隨的愛情，很感人嗎？」林鋮鈞盡量委婉地說，「其實，顧熠有他的考量，他不僅是一個建築師，更是Gamma的風向球，就像一個部隊的將軍，他不僅要會上陣殺敵，懂得謀略兵法，也要考慮到士兵的性命，爭取保全所有人。要做一個『將軍』的女人，最重要的，是要學會隱藏鋒芒，成為他背後的支柱。」

「……」蘇漾的臉色越來越黑，許久，她才幽幽說道，「你說的這些，是顧熠的意思？」

「欸？怎麼了？」

蘇漾冷冷一笑，積了一下午的情緒，終於有了一個宣洩的出口：「林鋮鈞，請你去轉告你的『將軍』，我雖然是一個女人，卻不是一般的女人。」

蘇漾頓了頓，一字一頓地說：「我不想做他背後的女人，我也可以親自上陣殺敵。千軍萬馬的拯救，不如自己的鎧甲。這就是我，蘇漾。」

「……」

顧熠因為一整天四處奔波，辦公室和工地來回跑了幾趟，竟然隱隱有點感冒的徵兆，再加上跟蘇漾一番爭執，此刻，他的頭痛得要命。

蘇漾畢竟年紀輕，情緒來得快。顧熠嘆了口氣，揉了揉自己的太陽穴，只覺得搞定一個女人比建造百八十層的房子還要難。

本來想靠在椅子上休息休息，誰知林鋮鈞匆匆忙忙跑來了。

「你的女人太生猛了，一般人絕對無福消受。」

顧熠皺眉：「怎麼了？」

「我本來是想幫你說服她，結果被她臭罵了一頓，哎，超沒面子的。」

顧熠聽林鋮鈞這麼說，額頭上的青筋突突跳了兩下：「你是不是又給我惹了什麼麻煩？」

「我發誓，我絕對是為你好，一個女人太好強有什麼好？」說著，他把自己和蘇漾談話的內容添油加醋地複述了一遍。

顧熠越聽臉色越黑，最後他忍不住幽幽說了一句：「你是不是為了你堂弟，想要拆散我和蘇漾？」

林鋮鈞一臉傻樣：「……我他媽的是這種人嗎？」

蘇漾在辦公室裡越坐越煩，最後乾脆收拾東西，直接回東城。

整個專案圍繞著東城，而她在東城老城區住了二十幾年，整個專案組，不會有人比她更熟悉這裡。

陣雨過後，灰塵洗淨，空氣清新了許多，蘇漾從自己家出發，在已經半拆除狀態的廢墟中走著，穿過老街，跨過石橋，走出老城區，不過隔了一條馬路，對面是全新的商圈，鱗次櫛比的高樓大廈，一個完全的現代叢林。

蘇漾皺了皺眉，覺得那條馬路，好像隔絕著兩個世界。

腦袋好像被分了區，一個區想著如何合理地實施自己的方案，另一個區想著林鋮鈞說的話，心裡輕蔑一笑。

這些直男癌，動不動就說出「夫唱婦隨」這種話，優越感不要太強。

想到顧熠也是這麼想的，心裡更是氣得要命。為了追她，話說得好聽，什麼不會束縛她，希望她飛得更高，其實心裡和一般男人沒什麼兩樣，一旦得手就開始限制女人。

蘇漾真是被他的花言巧語騙了，甚至有一瞬間恨不得和他分手算了。

逛到一半，突然又下起陣雨，電閃雷鳴，雨大如潑。

蘇漾雖然帶了傘，但是雨太大，還是有不少落在身上，這場雨又急又大，簡直像砸下來一樣，皮膚都有些痛。

大雨加上刮風，氣溫降得很快，蘇漾只穿短袖，竟然覺得有點冷，不由加快了腳步。

走了十幾分鐘，才終於回到自家院落。

蘇漾舉著傘，遠遠就看見有個人影靠在大門前。

天色漸暗，蘇漾看不清那人，頓時警惕起來，拿出手機，按下「一一〇」三個數字，隨時做好報警準備。

蘇漾在暴雨中躡手躡腳走過去，走近才發現靠在自家大門前的，竟是顧熠那個直男癌。

蘇漾把撥號鍵的三個數字刪掉，不冷不熱地走了過去。

顧熠沒有傘，也不知道等了多久，衣服已經淋得透溼。白襯衫下，隱隱透出他鍛鍊有素的塊塊肌肉。

蘇漾瞥了他一眼，越過他走到鎖旁邊，自顧自拿起鑰匙。

「回來了？」顧熠的聲音帶著幾分喑啞，嘴唇有些發白，「還在生氣？」

雨很大，強風肆虐，看著顧熠那個狼狽的樣子，蘇漾又有些不忍心。

抿著唇，一隻手上握著鑰匙，一隻手舉著傘，回過頭瞥了顧熠一眼，眉頭微微皺著。

「你還來幹麼？林鋮鈞沒傳達到位？」

顧熠站在雨中，暴雨像轉開的水龍頭，接連不斷地從他的頭頂滑下，滑過他的眼睫、鼻尖，不管蘇漾怎麼冷言冷語，他只是目不轉睛地盯著她。

蘇漾心底又軟了幾分，撇開目光：「還有什麼話要說，趕快說，說了各自回家。」

「嗯。」他臉上的表情倒是鎮定。

蘇漾抬起頭，看著他。

「蘇漾。」他沒有為自己解釋什麼，只是淡淡喚著她的名字。

「什麼？」

他輕輕勾唇，微微瞇眼：「妳家門口，可真是冷啊。」

說著，顧熠突然腳下踉蹌，無預警地向蘇漾撲過來，蘇漾幾乎是下意識地一把將他抱住。

顧熠又高又壯，蘇漾幾乎是使出了吃奶的力氣才把人扶住。

顧熠靠在蘇漾肩頭，一動不動，全身如火一樣燙。

大雨滂沱，蘇漾的傘已經完全失去擋雨的功能，冷而有力的雨絲刮在兩人身上。

蘇漾在一片劈里啪啦的聲音中，聽見某人迷迷糊糊地說。

「蘇漾，我要是暈倒了，今晚是不是可以住妳家？」

第二十四章　競圖

暴雨傾盆，雨傘沒辦法撐，只能隨手丟在院門前，雨水滑過臉頰，蘇漾只覺視線模糊。

蘇漾和顧熠的身高差了不只一點半點，以她的身材，要把顧熠扛進家裡絕非易事，好不容易把顧熠挪進屋，丟在老橡木沙發上，她已經快累癱了。站在沙發前，撫了半天胸口，才讓呼吸順暢一些。

看看眼前混亂的場面，蘇漾輕嘆了一口氣。

蘇漾放下顧熠後，他就以一個不是那麼舒服的姿勢仰躺在沙發上，臉上帶著不正常的紅暈，額頭、臉頰上都是水珠，分不清是雨水還是汗水。

他身上的襯衫早已溼透，透出底下的古銅色皮膚，整個人看起來很不妙的樣子。反觀蘇漾，她穿著一件純黑色的連身裙，雖然溼，倒還算整齊。看了看兩人的狼狽程度，蘇漾決定先處理顧熠。隨手從茶几上抽了張紙巾，擦了擦顧熠的臉和她的手，等比較乾了，她才把手貼在他的額頭上。

他的額頭很燙，嘴唇一下就乾了，嘴裡還一直喃喃著她聽不懂的話，一看就是發燒燒得有些迷迷糊糊了。

「真會給我找麻煩。」

蘇漾並沒有太多照顧人的經驗，但她多少知道發燒了更不能著涼。想了想，蘇漾決定把顧熠移到床上去。

蘇漾家裡只有她房裡那張床有被子，她只能把人移到那裡去。但他的衣服實在太溼，就這樣放到床上，那張床她大概幾天都沒辦法睡了，想了想，只能脫掉他的衣服。

看著溼透的襯衣下，顧熠一塊塊結實的肌肉，蘇漾忍不住臉頰一紅。為了讓自己心無旁騖，她撇開頭，只將手挪到顧熠前胸，手指剛觸上他胸前的鈕釦，他就呻吟著動了動。

他這一動把蘇漾嚇了一跳，她紅著臉屏住呼吸，蹲在一旁等了半天。

「顧熠？」

蘇漾喚了一聲，半天沒有回應。

確定顧熠是真的沒醒，她才繼續脫他的衣服。這次她可不敢磨蹭了，手忙腳亂地脫掉顧熠的襯衫和西裝褲，又拿了浴巾幫他擦乾身上的雨水。每一下觸碰，都能透過微溼的浴巾，感覺到他皮膚的灼燙，尤其是擦下半身的時候，真是尷尬到極點。

蘇漾的臉更紅了。

把只穿著一條四角褲的顧熠放到床上，他一個大塊頭，幾乎占滿蘇漾柔軟的床鋪。

蘇漾看他這個樣子，覺得實在不莊重。等他醒了，說不定還會以為她對他做了什麼。認真思索之後，她打開衣櫃，摸著下巴，想著得讓他穿點什麼。

整個衣櫃裡都沒有他能穿得下的衣服，蘇漾掃了一圈，最後只能皺著眉，把衣櫃裡那條蘇媽買的超大號媽媽款睡衣拿出來——那應該是衣櫃裡顧熠唯一能穿得下的衣服。

阿門。

將顧熠塞進被子裡，翻箱倒櫃地找到回N城的時候，蘇媽硬塞給她的一包藥，從裡面拿出退燒藥餵顧熠吃了一顆。

做完這些，蘇漾已經熱得滿頭大汗，身上的裙子也「蒸」了個半乾。於是她去浴室沖了個熱水澡，換上舒適的衣服，又將顧熠淋溼的衣服掛在家裡的空調出風口，一切才算塵埃落定。

顧熠吃了藥，體溫並未迅速下降，但可能是因為環境比較舒服了，他不再呻吟夢囈。蘇漾摸了摸他的額頭，想繼續用冷毛巾幫他物理降溫。

擰乾了冷毛巾，小心地擦拭顧熠的額頭、臉頰、脖子，幫他降溫，不想顧熠卻十分不安分。毛巾在他脖子上掃來掃去有些癢，他一把就抓住蘇漾忙碌的小手。

惺忪的睡眼終於睜開，眼眶紅紅的，眼神也沒有聚焦的樣子。

「蘇漾……」

他的聲音彷彿都帶著如火的溫度，不等蘇漾反應，他已經把蘇漾拉到懷裡。生病的人是沒有理智的，蘇漾叫了半天他也沒有醒。顧熠緊緊抱著蘇漾，眉頭立刻舒展，彷彿她微涼的體溫就是最佳的降溫劑。

顧熠舒服了，可苦了蘇漾，貼著一個大火爐，熱得整個人都要透不過氣，蘇漾推了推：

「放開我，喂，顧熠，喂！」

顧熠整個人迷迷糊糊，所有的動作皆出自本能。他的手挪到蘇漾腦後，輕輕勾住她的後腦杓，將她的額頭湊近他的嘴唇。

半晌，一個灼燙的吻落在她眉心。

他喃喃說了一句：「我答應過的，天塌下來也不會放開妳。」

「……」蘇漾的手原本抵在顧熠胸前，聽了他這句話，也不知道為什麼，心就好像一件本來皺巴巴的衣服，被高溫的熨斗熨過，變得服服貼貼。

她胸口澀澀的，許久，她咬了咬嘴唇，用腳踢了踢被子，鑽進顧熠懷裡。

大概是太累了，蘇漾很快入睡。

竟然一夜無夢，睡得香甜。

第二天，她是被顧熠的鬍子「扎」醒的。

蘇漾睜開眼睛，顧熠也剛醒來沒多久，他放大的臉龐出現在眼前，把她嚇了一跳，趕緊往後退了退。

「你醒了？」蘇漾說完，突然意識到自己沒刷牙沒洗臉，趕緊摀住嘴，「我去洗漱。」

她剛要坐起來，又被顧熠拉回被窩裡：「再睡一下。」

說著，他立刻用肌肉緊實的手臂將她圈住。

蘇漾明顯感覺到他的某處貼在她的大腿上，耳根都紅透了。

「……不要頂著我。」

顧熠對此倒是一點都不尷尬，反而更親暱地抱緊了她。

「紓解以後，自然就不會頂著了。」

說著，他一個翻身，覆在蘇漾身上，完全是要「一逞獸欲」的架勢。

隨著顧熠的動作，二人之間也隔出一道縫隙。

顧熠的手撐在蘇漾耳側，本來是個很man也很撩的姿勢，偏偏身上穿著蘇媽買的大媽睡衣，長長的裙子直到腳踝，不過穿在顧熠身上只到小腿肚，寬大的裙子因為顧熠的動作，全數垂在蘇漾胸前，擋住了蘇漾凹凸的曲線。

顧熠低頭看見自己身上穿的衣服，臉色一黑。

「妳給我穿的是什麼東西？」

「裙子。」

「……好噁心。」

蘇漾忍無可忍，終於捧腹大笑起來：「哈哈哈哈哈哈！」

顧熠作為一個鋼鐵直男，看到自己身上穿著裙子，第一個反應是從床上跳起來去脫裙子。他嫌棄地一扯，像身上有蝨子一樣，把那件大媽睡衣丟在一旁，裸著身子一轉身，蘇漾已經趁這個機會，從床上爬了起來。

「你去洗個澡吧，昨天出了好多汗。對了，你的衣服應該乾了，我去幫你拿。」說著，拖鞋都不穿，就溜走了。

顧熠微微瞇了瞇眼，一臉意味深長地靠在門框上，看著那道忙前忙後的倩影。

暴雨過後的清晨，萬物復甦，天空碧藍如洗。打開電視新聞，好多社區都淹了水。

N城每年五六月降雨豐沛，經常來不及排水，導致四處淹水，網路上總有N城人在淹水的社區裡划船、游泳、釣魚的新聞，因為樂觀幽默，N城已經成為全國出名的「看海」城市。

讓顧熠意外的是，蘇漾家這個古樸而講究的院落，倒是一點事都沒有，即使地勢並不算高，但是院落採取古法排水，排水口製作精巧，效果斐然。

蘇漾見顧熠盯著她家排水的溝渠，忍不住問：「是不是覺得這房子排水很厲害？」

顧熠回過頭，蘇漾穿著圍裙，一步一步向他走來。他點了點頭：「當年的工程經得起時間考驗。」

蘇漾笑，「那當然，我爸這樣的人，怎麼說呢，渾身上下都是『匠人』精神。什麼事都追求完美。」她走到顧熠身邊，拍了拍顧熠的後背，「走吧，吃飯了。」

蘇漾家的餐桌是古老的圓形桌，桌上放了兩個小菜，還冒著熱氣，蘇漾幫顧熠盛了一碗粥：「趁熱吃。」

顧熠洗澡的時候，蘇漾跑出去買了點菜回來炒，又煮了粥。顧熠從來沒有被蘇漾「伺候」過，簡直受寵若驚，拿著碗筷，很給面子地夾了蘿蔔絲炒肉塞進嘴裡。

「好吃嗎？」蘇漾不是會做家事的人，從小到大下廚的次數，一隻手就能數完，有些擔心顧熠的評價。

顧熠咀嚼著嘴裡的食物，眼角微微一彎：「這臘肉炒得真不錯。」

蘇漾舉著筷子的手頓了頓。

顧熠的手又伸向旁邊的清炒芹菜，吃了一口，很驚喜地問：「芹菜也能拿來醃鹹菜？」

蘇漾：「看來是放太鹹了，不用再說這種反話揶揄我了。」

顧熠：「……我真的不是這個意思。」

蘇漾喝了一口粥，語氣淡淡，「以後你有什麼話，不要找林鉞鈞轉達，我保證，我不罵你。」不等顧熠說話，她又說，「我只會揍你。」

「噗嗤。」顧熠一笑，「我沒有要林鉞鈞傳任何話。」

蘇漾將信將疑：「他昨天可是說了不少。」

「那頭豬說的話，可以當作沒聽過。」

蘇漾看了他一眼，想想林鉞鈞也不可靠：「那些話真的不是你說的？」

顧熠始終坦蕩：「我沒有要找一個背後的女人，那種女人清潔公司裡很多。」

蘇漾啃了啃自己的筷子，沒有再問下去，想想似乎這才是顧熠的性格。

「好吧，姑且相信你。」

見蘇漾沒有生氣了，顧熠胃口也好了。顧熠倒是不在意菜太鹹，病剛好，又配粥，鹹一點更下飯。一碗粥下去，胃暖和了，人也舒服了。

顧熠幾乎把蘇漾做得菜都吃光，讓她心情明媚許多。他收拾碗筷，她去拿抹布擦桌子，一邊整理，一邊跟顧熠說說這個房子的故事：「這個房子裡的桌子椅子櫃子，也是我爸爸設計的，工業設計也是他的強項。哦不，可能沒有他不會的東西。」

顧熠點頭：「這些家具確實都很有特色。我為妳留下這間房子，也是希望留下一些古樸純粹的東西。」

蘇漾臉上掛著平靜的笑意：「其實，我覺得你最大的成見在於，覺得我的設計不純粹。」

「我沒有覺得妳不純粹，我只是希望妳先學會走，才能跑。」

蘇漾擦完桌子，又為自己倒了一杯冷水。

喝過冷水，她坐在顧熠對面，認真地問他：「當年你的團隊瘋狂地投標是為什麼？」

蘇漾這個問題倒是把顧熠問倒了，他想了想，回答道：「為了成名。」

顧熠的坦誠，讓蘇漾輕吐了一口氣，她微微偏頭，帶著一股熱血和激情，「大家都一樣。我也有我的野心。」她說，「現在你們拚命反對，是因為國內還沒有人做過這樣的建築，但是其實認真找，國外是有成功案例的。」

「妳想過嗎？如果妳失敗了呢？」

蘇漾反問：「你怎麼知道我一定會失敗？」

顧熠往後靠了靠，陽光透過木質窗櫺投射在他身上，讓人心緒平靜。

他看了蘇漾一眼，不與她爭執，轉而問她：「如果真的要實施妳的方案，妳家的這個房子如何處理？我保留了五年，如今，我看妳的。」

關於顧熠說的這個問題，蘇漾不是沒有考慮過。

從X城回來這麼久，為什麼一直沒有好的靈感，為什麼一直做不出方案，說到底，是她太想保留爸爸設計的院子。

這就像一個框，將她框死了。

想通這一點以後，她反而輕鬆許多。

蘇漾轉了轉玻璃杯，半晌，很認真地說：「拆。」

「拆？」

蘇漾沒有抬頭，垂眸看著面前的水杯，字字清晰地說，「我爸二十幾年前做這個房子的時候，拆了我家祖上四十幾年的老宅，連我們家的祖宗牌位都移回鄉下。這是一個建築師破舊迎新的決心。」說完，她抬起頭看著顧熠，眼中彷彿有星芒閃爍，「如今，我也做了一樣的決定。時代在向前，文物和仿古建築的意義不同，回歸自然，回歸山水，不代表一味仿古、盲目將建築做成山水的形狀，這是我一直以來推崇的概念。

「顧熠，我沒有想要為難你，我承認昨天我分不清工作和生活，是我不專業。但我希望你不要戴著有色眼鏡看我。」蘇漾的語氣很平靜，「我希望你能給我公平的機會，方案ＰＫ，是一貫的傳統，如果我輸了，我心服口服。」

陽光落在蘇漾握著水杯的手上，她是女性建築師，長期畫圖，用電腦，沒有留指甲。手指白皙，有力，指節分明，不如一般的女人那麼細膩。

不戴首飾，經常忘記剪頭髮，很少化妝，更少看到她穿高跟鞋。

林鋮鈞笑她「越來越不像女人，小心嫁不出去」，她說，作為一個女性建築師，她早就嫁給了建築設計。

他看過她這幾年的作品，每一個都穩紮穩打。

沉澱了這麼久，她也有她的野心。

就像當年，他在一片嘲諷聲中，毅然離開了老師的工作室一樣。所有創新的、打破常規的、驚世的作品，都是偏執狂爭取來的結果。

他是這樣，她也是。

「這個方案妳深化下去吧。」顧熠說，「下週五大會，所有人投票。」

整理妥當，兩個人一起從蘇漾家的院子裡走出來，蘇漾正要鎖門，看到門口還放著一把雨傘，才想起昨天隨手一扔，後來就忘了拿。

傘已經差不多乾了，蘇漾隨手一拉一折，將傘一層一層整理好，扣好放回包包裡。

顧熠走在蘇漾身邊，隨口問了一句：「我記得，妳們家以前有一條狗？」

「你說老爺啊？」蘇漾笑笑，「我們離開的時候，送給我堂哥養了，我前幾天還去看過牠，都成老狗了，也當了爸。」

顧熠聽到這裡，幽幽看了蘇漾一眼：「狗都當爸了。」

蘇漾表情尷尬：「……改天帶你去看看狗孩子們。」

「不用了。」顧熠說，「牠總是在我鞋子上尿尿，我怕牠了。」

「……牠對別人真的不會這樣。」

走到顧熠的車旁邊，蘇漾的手剛觸到車門把手，腦中突然靈光一閃：「話說，你明明開了車，為什麼不在車裡等，要淋得跟落湯雞一樣。」

顧熠已經鑽進了車裡，完全不接蘇漾的話，催促道：「上班要遲到了。」

蘇漾看穿了顧熠的心機，眸光一暗：「你這麼大年紀了，居然這麼不老實，苦肉計都使出來了。」

「咳咳。」顧熠被揭穿了也不以為恥，一臉理所當然的表情說道，「狗都當爸了，我不努力不行。」

「……」

顧熠願意給蘇漾一個公平競爭的機會，蘇漾自然高興，一連幾天帶著團隊趕案子。蘇漾完成手繪概念意向圖後，在組裡開了好幾次會議，終於定下了具體的方案。她和團隊裡的人共同完成了透視效果圖和平立面剖面圖，還用電腦建了3D立體模型。

萬事具備，只等最後開會了。

團隊裡的人比蘇漾還緊張，尤其小橙，這是她畢業正式工作以來，第一次跟進的專案，又是這麼大型的案子，整個人神經緊繃，恨不得搓手跺腳。

比起大家緊張慌亂的狀態，蘇漾倒是淡定很多。不是因為她多有自信，而是這麼多年的學習和工作讓她明白一個道理，不管任何事，只要她盡了全力，就已經交出了最好的成績。

一連加班好幾天，突然大功告成，不用加班，大家倒是不習慣了。

為了讓大家放鬆下來，蘇漾提議下班後聚餐。

蘇漾組裡一共不到十個人，他們吵吵鬧鬧地一起離開的時候，正好碰到下班的林鋮鈞，他就「厚著臉皮」跟著來沾光了。

原本聚餐說好了不帶家眷，但顧熠的身分比較特殊，蘇漾拒絕了好幾次，但他還是跟著一起來了，大家對他的到來也不敢有怨言，誰叫他是老闆呢？

聚餐的地點是所謂的「蒼蠅館子」，也就是地方小、服務差，但是味道很好的餐館。

安排座位的時候，顧熠自然地坐在蘇漾身邊，大家對此都沒什麼異議。畢竟有林鋮鈞和小橙在場，他們的那點關係，已經人盡皆知。

林木森和林鋮鈞則坐在他們對面，表情深藏不露。

林木森默不作聲，但是對每個人都挺照顧，替大家叫了飲料，分了餐具，菜也點好了。

小橙忍不住感慨，「林工屬於面冷心熱的類型，雖然老是罵人，但是很細心呢。」說完，小橙頂了頂蘇漾的手臂，「是吧，蘇工，平日林工嗆妳嗆得最多，妳應該深有體會。」

蘇漾聽了小橙的話，下意識地抬頭看了林木森一眼，腦中閃過他說的那些話，有些尷尬地抿了抿唇。

林木森看也沒有看蘇漾，表情淡定，夾了一筷子菜放在小橙碗裡：「吃妳的吧。」

這飯館雖小，上菜倒是很快。林木森點了很多蘇漾喜歡的菜，讓蘇漾胃口大開。顧熠坐在一旁，看她開心得直往嘴裡塞食物，覺得時光好像倒流，許多年過去，她改變了很多，唯有吃相，一直是狼吞虎嚥。

「又沒人跟妳搶，吃得那麼急，小心噎到。」顧熠說。

小橙聽見顧熠低沉而溫和的聲音，忍不住雞皮疙瘩掉滿地，「從來沒聽過顧工這麼說話。」說完，她湊近蘇漾，「蘇工，平時你們談戀愛，會不會覺得顧工有點精神分裂？」

「噗。」蘇漾差點把口裡的菜噴出去。蘇漾喝了口水，看了看顧熠，很認真地回答，「確實。」

大家好不容易有機會一起放鬆地吃飯，酒自然是不能少。作為團隊的Leader，每個人都敬了蘇漾一杯酒，她也很給面子，來者不拒，照單全收。

黃湯下肚，大家的膽子也大了，開始調侃蘇漾：「蘇工，憑妳和顧工的關係，我們組這次的方案，是不是肯定會中了？」

小橙偷偷看了顧熠一眼，也跟著說了一句：「顧工，寵妻時刻到了，你肯定會把握這個機會吧？」

聽大家胡言亂語，蘇漾瞥了顧熠一眼，輕嗤了一聲說道：「你們真的想太多了，你們顧工，在工作上，簡直不要太大公無私，男友力我見不著，老闆力那可是ＭＡＸ。」

蘇漾話音一落，大家都開始起鬨：「我們的方案要是被否決了，蘇工回去要罰顧工跪鍵盤報仇！」

「跪遙控器！換一臺加一個小時！」

「……」

蘇漾一句吐槽便引得氣氛走向最高潮，她也被眾人的話逗笑了。

她拿出手機，笑呵呵地說：「我想好了，他要是故意打壓我們，我就把他的私密照片散布出去！」

「什麼私密照片？」

「哈，」蘇漾嘴中酒氣頗濃，雙眼微紅，舉著手機說，「顧工穿裙子的美照，絕對獨家。來來來，我們組的，打開AirDrop，我傳給你們！」

「天吶，有這麼養眼的東西？」

「發我發我！我開了！」

一直在吃飯沒怎麼專心聽的林鉞鈞也興奮起來，立刻拿出手機：「傳給我看看。」

顧熠原本安靜地坐在那裡聽大家聊天，偶爾低頭看看蘇漾，她一杯接一杯地喝個不停，讓他忍不住皺了皺眉。

她個性倔強，他擋了幾次，擋不住，只能任由她去。

她每喝完一杯，他就會下意識地去扶她一下。

他倒是沒想到，自己也會成為大家調侃的對象。畢竟這種大膽的行為，平時是沒有人敢做的。

「蘇漾。」顧熠低聲叫了她一聲，「別鬧。」

「憑什麼？」

蘇漾突然靠過來，表情狡黠。她那細瘦白皙的脖子，出現在顧熠的視線裡，顧熠一低頭，恰好看見她空蕩蕩的鎖骨，她沒有戴首飾的習慣，全身上下都很素淨。

她微醺地舉起一隻手，微微偏著腦袋，帶著女性的柔美和幾分堅韌的氣質，此刻她頑皮的舉動，為她平添了幾分俏皮。

看著蘇漾一臉惡作劇的表情，顧熠只覺得無奈。

蘇漾組裡的人借酒壯膽，還在開玩笑，尤其林鉞鈞，已經作勢要來搶蘇漾的手機，顧熠皺了皺眉，一把將蘇漾的手抓過來。

手上微微一轉，蘇漾的手機就滑入他手裡，他微微借力，與蘇漾十指緊扣。

「她醉了，開玩笑的。」顧熠說，「沒有裙子。」

「咕！」

「顧工想毀屍滅跡！」

「支持蘇工反擊！」

沒鬧夠的眾人自是不肯甘休，最後是林鉞鈞一番惡整，讓顧熠喝了三杯酒，才蒙混過去。

蘇漾喝了酒，腳下已經有點虛浮，從店裡出來，她心情嗨到爆。

顧熠去結帳，蘇漾則跟大家一起等待。

「感謝大家！」蘇漾突然很感性地對眾人鞠躬，「無論如何，我一定會為我們的方案，血戰到底！」

林木森見蘇漾已經有點茫了，眼疾手快地就要上前去扶。

然而他手還沒碰到蘇漾，顧熠已經走了出來。

蘇漾一見到顧熠，立刻踉踉蹌蹌地走過去，眼中滿是笑意。

「大膽！居然敢拋下本宮，自己走了，你是不是活膩了？」

顧熠接住蘇漾，皺了皺眉：「妳的酒量真是越來越差了，以後不准喝這麼多。」

蘇漾真的心情不錯，頭頂著顧熠，腳卻離得很遠。以一種要使出鐵頭功的四十五度角姿勢頂著顧熠的前胸。顧熠看著她孩子氣的舉動，哭笑不得。

小橙一臉擔心地看著蘇漾：「顧工你也喝酒了，可別開車啊。」

顧熠揮手：「我們叫計程車。」

林木森站在人群裡，視線一直盯著蘇漾和顧熠，蘇漾也不知道說了什麼，顧熠的嘴角緩緩揚起，伸手撫摸著蘇漾的後背，蘇漾幾乎是本能地抬起手，抱住顧熠的腰……

「走吧。」耳邊突然傳來林鋮鈞的聲音，難得正經，「再看下去，心都要碎了。」

林木森艱難地回過頭，緊皺著眉頭：「不知道你在說什麼。」

說完，大步離開。

林鋮鈞看了看林木森的背影，再看看還站在店門口抱在一起的兩人，輕輕嘆了一口氣。

「哎，都不容易……」

攔了計程車，顧熠報出了自己家的地址，蘇漾靠在他肩膀上小憩：「去你家幹麼？」

顧熠表情正經：「想給妳看一件舊物。」

計程車很快將他們送到顧熠家，雖然幾年沒有來了，蘇漾還是覺得一切都很熟悉。

顧熠拿出水杯，幫蘇漾倒了一杯冷開水：「喝點水。」

這一路上，蘇漾的酒勁已經退了，只是身上酒氣還很重。含了一口水，漱了漱口，去掉點味道，才開始喝水。

「為什麼喝那麼多？」顧熠問。

以蘇漾的脾氣，她要是不願意，是不會喝那麼多酒的。

「高興。」蘇漾頓了頓，「還有壓力。」

蘇漾低頭看了一下手機：「明天就是週五了，下午三點，其實我也有點緊張。」

「妳的表現很淡定，我還以為妳一點都不緊張。」

蘇漾笑著搖了搖頭：「其實我也懂你的顧慮，我一個人帶著這麼一個團隊，大家榮辱一體，我要是PK失敗，大家這麼久的努力就都白費了。想到大家沒日沒夜地加班，其實我也有點想向你示弱，希望你能給我一點人情分數。」

顧熠背靠著吧檯，表情似笑非笑：「那妳怎麼沒有向我示弱？」

蘇漾移開視線：「因為那樣，我又會瞧不起自己。你看，女人真的很矛盾。」

蘇漾將水杯裡的水一飲而盡，站起身來：「你要給我看什麼舊物？趕快，我要回家睡覺了，明天還有場硬仗要打。」

顧熠聽到蘇漾要走，眸光微微一閃，一步一步走到蘇漾身邊。

「這件舊物，妳倒是已經擁有了。」

「嗯？」

「那就是——我。」

說著，顧熠的手一勾，自蘇漾腰間將她攬入懷中，不等她反應，他已經低頭吻住了她的嘴唇。

酒氣在兩人的口腔間流轉，蘇漾的手慢慢抬起，勾住顧熠的脖子，兩人都有點意亂情迷。

蘇漾的呼吸漸漸紊亂，仰著頭看著顧熠：「你早有預謀了，是不是？」

顧熠摟住蘇漾，身體緊貼在一起：「蘇漾，十二點過了，今天是我的生日。」

「所以呢？」

顧熠笑：「所以，我想向妳要一份禮物。」

「我要是不給呢？」

「妳的眼睛裡寫著，妳會給。」

蘇漾笑著推開顧熠，一屁股坐在椅子上，胸前還在劇烈起伏。

眼神似調侃似鄙夷：「我知道，你每天拐彎抹角，就是想把我拐上床。」

蘇漾的話說得很赤裸，顧熠本來以為她會閃躲，卻不想她突然將衣服上的鈕釦解開，猛地一脫：「這樣可好？」

蘇漾的衣服向兩邊敞開，露出淺色的內衣，以及白得耀眼的皮膚，她直勾勾盯著顧熠，眼中的挑釁不加遮掩。

那完全是激將的表情。

蘇漾微微抬起下巴：「顧熠，其實你和一般的男人，也沒有什麼兩樣。」

顧熠意味深長地看了蘇漾一眼，突然上前將她一把抱起。

他的呼吸中帶著炙熱的氣息。

「妳錯了，我不是一般的男人。」他說，「我比一般的男人，更飢渴。」

蘇漾本來只想激一激顧熠，卻不想用錯了方法，以往以顧熠的性格，應該不會繼續才對，看來在男女之事上，他也是不按牌理出牌的類型。

他一隻手按住蘇漾的肩膀，低頭在她裸露的皮膚上印下一個又一個的印記，勾得她忍不住輕輕扭動起來。

這種視覺的刺激，顧熠這種生手自然是難以把持。

他很快去除兩人的衣服，也沒什麼前戲，心急火燎地找到那一處可以讓他紓解的幽谷。

他艱難地想要進入之際，蘇漾痛得膝蓋一弓，下意識就是一腳，要將他踹下床去，卻被顧熠一把攫住腳踝。

他眼眸中滿是火焰：「被女人踢下床，絕對是男人的奇恥大辱，一次也就罷了，多了，可不行。」

說著，他將蘇漾的膝蓋往旁邊一按，直接依循本能闖了進去。

「怎麼這麼暖和？」這是顧熠的反應。

「我操……」這是蘇漾的反應。

災難一樣的夜晚，在月光籠罩下，悄然展開……

◆

蘇漾上午沒有上班，大家知道她喝多了，都沒有說什麼，只是對下午的會議有些擔心，眾人都有些後悔，早知道就不該去聚餐。人家都是戰後去慶祝，哪有戰前搖旗吶喊搞得那麼過頭。

蘇漾上午隨便買了身新衣服，直到中午才進Gamma，大家見她臉色不好，都以為她是宿醉的緣故，只有蘇漾自己清楚，又忍不住在心裡詛咒那個借酒行凶的「老」男人。

去員工餐廳吃飯，蘇漾正好碰到林鋮鈞，他一見蘇漾，立刻走了過來。

「昨天是不是喝多了，聽說妳上午沒來上班？」

蘇漾尷尬地扯了扯嘴角，生硬地說：「宿醉，有點頭痛。」

「顧熠那傢伙也喝了酒，倒是一點事都沒有，春風滿面的，今天早上來得超早。」

「……」蘇漾的筷子在餐盤裡挑了挑，想到今天是他生日，清咳兩聲，低聲問，「以往顧熠生日，你們都怎麼替他慶祝？」

林鋮鈞吃著蔬菜，含含糊糊地問：「生日？」

「嗯，」蘇漾抬頭，「今天不是顧熠生日嗎？」

林鋮鈞一臉震驚的表情：「蘇漾，妳是怎麼當人家女朋友的？這都能記錯？顧熠是十二月的摩羯好嗎！」

蘇漾：「……」

第二十五章　結構技師

這類的方案會議其實在 Gamma 三不五時就會召開一次，但是每次大家都是一樣鄭重。

蘇漾進會議室的時候，顧熠還沒到。她坐在自己的位置上整理圖稿和PPT，在這緊繃的時刻，她腦子裡卻完全沒有為了方案和會議而緊張，眼睛時不時瞟向門口，冷笑著等待那個該被「化學閹割」的死騙子。

顧熠進場，原本還有喁喁私語的會議室立刻安靜下來。顧熠嚴肅的工作模式再次啟動，幾乎全程沒有將視線移到蘇漾身上。

蘇漾卻是目不轉睛地盯著他：呵呵，等會議結束後，她一定要叫他好看。

今早蘇漾起床的時候，顧熠已經離開了。

不管打雷下雨還是天降冰雹，顧熠只要還能動，就一定會去工作，他這種性格對蘇漾的影響滿大的。

蘇漾本來也該去上班，但是昨夜被他折騰得有些難受，早上實在起不來，最後不得不請了病假。

起床喝水，順便參觀了一下顧熠的家，陳設倒是沒什麼變化，只是酒櫃中的藏酒又貴重了一些，家裡的一些小家電換新了。他有些完美主義，是屬於每個細節都會考慮到的人。

廚房鍋子裡有粥，餐桌上有三兩樣小菜，碗盤下壓著一張紙條。

「身體好些了再去上班。」

遒勁有力的字跡，蘇漾想像著他寫下這幾個字的畫面，竟然忍不住臉紅了。

現在想想，昨晚他們之間的氣氛還是不錯的。

林鋮鈞比顧熠來得晚，會議室裡幾乎已經全員到齊。他的位置在顧熠旁邊，路過蘇漾的時候，鼓勵地拍了拍她的肩膀：「加油。」他小聲說了一句。

蘇漾回頭看了林鋮鈞一眼，想到上次他說的話，還有些不爽，但也不能太記仇，最後從牙縫裡擠了一句：「謝謝。」

顧熠直到這時，才不動聲色地瞄了蘇漾一眼。

蘇漾見他看過來，立刻不甘示弱地狠狠瞪了他一眼。這一眼倒是讓顧熠眼中閃過一絲疑惑，但是礙於在會議上，他又將視線轉向別處。

這一刻，蘇漾更加覺得「兔子不吃窩邊草」這句話，實在是太明智了。

想想昨夜他還死皮賴臉地把她留下，一夜纏綿，如今兩人卻以上下級的關係坐在會議桌上，蘇漾真心覺得這種精神分裂的日子不好過。

蘇漾抬頭看了顧熠一眼，看著他那稜角分明、剛正不阿的側臉，只覺得和昨夜那個心急火燎、無法自持的男人截然不同。

也難怪，為了得手，連生日都能騙人，這個男人還有什麼做不出來？

蘇漾氣急敗壞地瞪了某人一眼，想著大戰馬上要開打，趕緊把腦子裡那些亂七八糟的想法趕了出去。

這次東城改建的專案，規模和投資額都不小，外界對於這個超級難題也十分關注，大家都想知道這個噱頭滿滿的案子，最後會建成什麼樣子。

不管是蘇漾還是顧熠組裡的設計師，大家都渴望能在這個專案裡參一腳，因為參與這樣的案子，更容易成名。人人都有野心，這很正常。

每個設計師都使出渾身解數，蘇漾越聽，眉頭皺得越緊。

輪到蘇漾報告的時候，投影機恰好出了狀況，工程師過來修了半天，等到終於能上臺了，她才發現自己的手心已經溼了一片。

在大學裡浸淫數年，蘇漾以為自己已經不懼怕演講和上臺，不論在哪裡，什麼時候，只要點她發言，她都能侃侃而談。可是這一刻，她站在投影機前，卻感覺到前所未有的壓力。因為這一刻，她不僅僅代表她個人，更是整個團隊的希望。

「我們團隊的結構技師，林木森提了一個概念，『過去與未來』。我發現這是一個很準確的定位。歌氏要的是過去的建築，尚司要的是科技的未來。確實，如何把這兩個風馬牛不相及的建築建得臨近，還非常和諧，是個很讓人頭痛的問題。東城老區，最熱鬧的義塾橋，把這兩個建築安排在橋的兩岸，近水，符合我們的建築習慣，也能讓主建築與原本的景色相融。」蘇漾輕吐一口氣，放出自己的概念草圖，「我們的方案，取名為『未來過去城』。」

蘇漾一張一張放上團隊共同努力做出的圖，她講解得很細心：「我們將總規劃做成正圓太極圖，橋兩岸，是兩塊涇渭分明，又彼此依存的形狀。太極，左右者，陰陽之道也；水火者，陰陽之徵兆也。我們把兩個主建築，歌氏的藝術館置於義塾橋的東面，也就是義塾河的東邊；尚司的演藝館與之相對，在西面，以橋分隔『過去與未來』，正好安置在太極圖的『陰陽魚』之位。整體便能相對，卻又恰好地融合。」

講完創作概念，蘇漾開始構建專業的部分：「『過去』的風格，會隨著時間過去而被遺忘，我們希望這種風格可以重生，所以我們決定做些外部的結構，讓仿古的部分和現代良好地融合，在考量視線貫通、氣候貫通和穿越進入的問題以後，我們選擇了鋼構來做一個『盒子』，將仿古建築『隱匿』其中，有種朦朧的美感。而現代風格的建築，我們不願意做成整面玻璃帷幕、冬冷夏熱的建築。我們認為，好的建築設計應該既能滿足光照、通風，又能抵抗大自然的災害，所以我們選擇實牆主體，替代現在的整面玻璃風格。兩個主體建築，我們選用最新的科技，大膽讓建築動起來，寓意時間的變幻和生命的靈動……」

蘇漾起先還有些微緊張，越說到後面，她越是鎮定自若。

因為團隊的力量，他們幾乎預先設想了近百個問題——別人可能提出的質疑。

所以當大家提問的時候，蘇漾對答如流。

報告完畢後，在場所有人一起鼓掌。

這種待遇不是針對她一個人，每個建築師都獲得了掌聲，可她還是從掌聲中，獲得了無限的勇氣。

比起其他設計師，她的處境艱難許多，因為她提出了一個全新的方案，顧熠原本是直接否決了她的方案，連會議報告的機會都不給。

這一路浴血廝殺，有多不容易，只有她自己知道。

投票的時刻到了，顧熠的助理發給所有人一張紙條。他自己則不參與投票，完全公平、透明地來處理這個問題。

經過三輪投票，蘇漾竟然挺進最後一輪。

與她PK的，是一個叫『一世界』的方案，選取的是包圍型，所有的現代型建築將一個仿古藝術館包圍起來的保守概念。設計師是顧熠手下履歷最漂亮的劉姓設計師。他在Gamma的資歷和以往穩妥的經歷也為他贏得了許多支持。

最後一輪投票結束，兩個方案平手。

顧熠看了一眼結果，表情依舊平靜：「今天就暫且到這裡，最後的三票在歌氏、尚司和萬世手裡。你們繼續努力。」

走出會議室，蘇漾覺得一身輕鬆，雖然沒有確定最後中選，但是能PK到這一步，她已經很滿意了。

林鉞鈞和她一起走出來，臉上始終帶著笑容：「一八八天完工，我看妳完全是想要一舉成名了。」

蘇漾對此十分有信心：「我們團隊已經去和所有的工廠聊過了，最後核算出來，一八〇天就夠了，寫一八八天已經是保守估計。」

「不知道顧熠是什麼看法，其實最後的決定權還是在他。」林鉞鈞挑眉，「我等一下替妳去探探口風。」說完，他又重重拍了一下額頭，「你們是什麼關係，還要我探口風，我簡直是傻了。」

蘇漾抿唇淡淡一笑：「他是什麼性格，你不知道嗎？絕對不會給我任何優待的。」

「那可不一定，今天……」

林鉞鈞剛要說話，就被顧熠的聲音打斷。

「你們還在這裡？」顧熠的聲音平靜持重，配上他那一身正經的西裝，真是把「悶騷」兩個字演繹到完美的境界。

蘇漾看也不看顧熠，只是和林鋮鈞說：「我去工作了。」

說完，頭也不回地走了，剩下顧熠和林鋮鈞面面相覷。

顧熠不知道自己又做錯了什麼，微微蹙眉：「你們說了什麼？」

林鋮鈞生怕引火燒身，趕緊解釋：「我發誓，我這次狗屁都沒放。」

來到顧熠的辦公室，助理把上午開會的資料都送了過來，包括計票的小盒子。

林鋮鈞大剌剌躺在顧熠辦公室的沙發上，對工作倒是沒什麼興趣，只是閒聊：「話說，蘇漾真的變了挺多的，現在有種完全掌握不住的感覺。」

顧熠聽到林鋮鈞輕佻地說起蘇漾，眉頭一皺：「關你什麼事？」

「我是關心你啊。」林鋮鈞義正詞嚴地說，「你也知道，你在我們圈裡算是恥辱了，年紀最大的處男，我們都覺得你不是生理有問題，就是心理有問題。」

顧熠聽到這裡，嘴角勾起一絲笑意。

「現在不是了。」

「現在怎麼不是了？你能找到比你年紀更大的處男？」

顧熠轉過身，不疾不徐地拉開百葉窗，讓陽光灑進辦公室，空調的涼意陣陣，窗外的陽光斑斑，實在愜意。雖然蘇漾發揮穩定，一如既往地陰晴不定，但終究被自己吃乾抹淨，顧熠自是心情甚好，對林鋮鈞的問題笑而不答。

林鋮鈞何等精明，一下子就反應過來顧熠話裡的意思，立刻不正經地調侃道，「你老小子，什麼時候得手的？」林鋮鈞說著，突然想起和蘇漾一起吃飯的事，「怪不得她問我怎麼為你慶生，她把你生日記錯了，以為你今天生日呢。」

「……」顧熠猛地轉過身，「然後？」

「然後我當然是好心告訴她，你的生日是十二月啊，還順便告訴她，你喜歡收集手錶，我看她這個專案拿下來，設計費挺高的，年底可能會買一只AP愛彼錶給你。」

顧熠想到蘇漾離開會議室時的表情，心裡撲通一跳，半晌說：「我看她恐怕不會買AP，而是買AK。」

「AK？有這個牌子的錶？」林鋮鈞詫異。

「當然沒有，是AK步槍。」

林鋮鈞一臉疑惑，完全不懂顧熠的啞謎，耿直地問：「她買槍做什麼？」

「秋後算帳。」

顧熠臉上春風得意夾雜隱隱擔憂的表情，讓林鋮鈞終於看穿他的目的，忍不住瞇眼吐槽：「去你的，說到底，就是在秀恩愛吧？」

顧熠轉過身來，摸了摸下巴，挑眉道：「這麼明顯？」

林鋮鈞鄙夷地看向他：「你是不是以職權強迫人家了？蘇漾好像沒有大叔控啊？」

「去你的。」

「哈哈哈。」

林鋮鈞笑完，清了清喉嚨，恢復如常：「對了，東城改建的方案，你打算用哪一個？劉藝在事務所裡還是很有號召力的，比起蘇漾這個外來的，我感覺大家更傾向於劉藝。」

林鋮鈞的手撥弄著放選票的小盒子，表情嚴肅了幾分：「早上投票，沒有我那一票，她就輸了。」

「嗯。」顧熠還是一如既往地話少。

林鋮鈞漫不經心地往後靠了靠，放下那個小盒子：「今天會議上的方案，你我都很清楚，蘇漾的更好，但是你和她的關係，對她來說，反而是拖累。你應該很清楚，如果你貿然決定實施她的方案，別人會怎麼說？光是辦公室的閒言閒語，就夠她難受了。」

「我知道。」顧熠的聲音輕輕淺淺，似乎沒什麼情緒的樣子。

「我覺得，你有時候真的對她太嚴厲了，她現在的狀態，該怎麼說呢，就跟無依無靠的孤膽英雄似的。其實今早你找我的時候，我就猜到你是要我投給她。既然做了這些，為什麼不讓她知道？」

林鋮鈞是發自內心把蘇漾當妹妹一樣愛護，就像他們開玩笑說的，蘇漾在 Gamma 就跟團寵一樣。

「有時候也要關心她一下，她不僅是你手下的設計師，也是你的女朋友。」

顧熠沒有回答林鉞鈞，只是輕輕靠在辦公桌前，視線望向別處。

辦公室裡的盆栽，因為助手近來太忙，疏於照顧，顯得有些病懨懨的。集眾人智慧的全新魚缸也許久沒有清洗，水沒有之前那麼澄澈，灌進去的氧氣，在缸中咕嚕咕嚕冒著泡泡。

許久，他移回視線，落在林鉞鈞手裡的小盒子上，知道那裡面是什麼。

以顧熠的性格，從來都是把公和私分得很清楚，但是基本上，人不可能真的把公和私澈底分開。

關於這個專案，一開始顧熠沒有開放給自己組裡的設計師，但是他一旦開放了，別人一定會竭盡所能去爭取。就像林鉞鈞說的，劉藝是他組裡的招牌設計師之一，經驗豐富，方案穩妥，在 Gamma 人際根基也比蘇漾深。

因為知道這一層複雜的關係，所以他提前和林鉞鈞打了招呼，為蘇漾爭取他那一票。

說實話，在爭取這一票之前，他其實也考慮過，也許蘇漾的方案根本不行，林鉞鈞的一票只是免於她拿到鴨蛋，至少不會太傷自尊。

他自己也沒想到，蘇漾組裡交出了一份讓顧熠都感到驚豔的設計。

可是她的作品驚豔的同時，又帶來了新的問題——她和劉藝平手。

剩下的三票，以蘇漾目前的資歷，根本爭取不到。

在這個按資排輩的圈子裡，顧熠幫不幫她，都有很多問題。

「她比我想像的更有潛力。其實我也不知道，她那個小腦袋瓜裡，還有多少我沒有開發出來的東西。」顧熠的聲音平靜專注，說的話是在評價蘇漾，口吻卻充滿珍惜和愛護，「除了相信她，我沒有想過別的。我對她嚴厲，是想把她送上更高的舞臺。」

因為最後結果還沒有出來，組裡的人還得繼續緊張地深化和改進方案。

對此，他們倒是甘之如飴。因為對蘇漾組裡這群熱血沸騰的年輕人來說，這不僅僅是一個專案，更是建築界的一次革新。

相比之下，蘇漾的心態顯得隨緣許多。她盡了全力，這就足夠了。

因為剛打完硬仗，蘇漾私自做主，要組裡的新人們不要加班，早些回去休息。

組裡的人都走了，蘇漾還坐在電腦前，閉目養神想著事情。

時間快到六點，蘇漾接到一通電話。石媛要加班，請蘇漾幫忙去維修廠取一下車，她的車前陣子被人追撞了，送去維修廠修，一直沒時間去取。

蘇漾想想也沒有什麼事，就叫了計程車去幫石媛取車。

她的開車技巧沒有多熟練，N城下班巔峰時間路上車又多，她開得很慢，一路上戰戰兢兢，最後總算是不負所託，把石媛的車送到了她公司。

石媛只有四十分鐘休息，便在設計院樓下的沙縣小吃店裡隨便點了份餛飩，蘇漾還不餓，沒有點吃的。

石媛吃得很快，幾乎是囫圇吞棗。這種日常對建築設計師而言已是見怪不怪，女的當男的用，男的當畜生用。

十分鐘搞定了晚餐，石媛開始抱怨：「我車還沒買多久，新車呢，就被一個開本田CR-V的臭男人給撞了，那男的不知道怎麼開車的，我車停在那裡不動，他居然一邊打電話一邊倒車，炫技嗎？把我的保險桿都撞凹了，只好換了。」

「應該是他負全責吧？」

「當然啊！」石媛語氣激動，「我最近肯定水逆，做什麼都不順利。我們新來一個主管，每天要我改圖，我改圖改到都快吐了。」

蘇漾習慣了她一說話就停不下來，坐在對面笑瞇瞇地說：「妳生理期來了吧？看什麼都不順眼。」

石媛算算日子，贊同地點頭：「可能是，算日子也差不多了。」

冷靜下來之後，石媛才問起蘇漾的近況：「對了，妳和顧熠打算什麼時候請我吃飯？」

忽然提起顧熠的名字，蘇漾皺了皺眉，用吸管攪了攪面前的飲料：「嗯。」

石媛白了蘇漾一眼：「嗯是什麼意思？想賴？」

蘇漾想到顧熠就有氣：「別提他了。」

「為什麼？不是才剛交往嗎？」石媛不正經地笑，「該不會是他年紀大了，不行了吧。」

「……」蘇漾知道石媛的腦洞，女媧來了都補不了。想想和顧熠那點小矛盾也挺難以啟齒的，便隨口搪塞，「就工作上的一點摩擦。」

「這樣啊，」石媛聽了，難得正經，「三十幾歲的男人是一把雙刃劍。因為社會閱歷豐富，他們比毛頭小子體貼，經濟能力更強，也更禮讓，缺點是他們的價值觀和生活習慣已經固定，要為一個突然闖入生活的女人改變比較困難。再加上你們又是同行，摩擦應該會更多。兩人互相體諒吧。」

蘇漾沒想到石媛能扯這麼多，忍不住笑了笑。

石媛見蘇漾笑，怕她不當一回事，趕緊說道：「一個家裡有兩個建築師，真的很容易吵架，妳一個女人，反正強勢點，抓住經濟大權就對了。」

「我倒沒想那麼多。」蘇漾眸光淡淡，語氣平緩，「如果內心堅定，什麼身分地位都可以；如果內心不夠堅定，就是完美契合，也會分開。不管是做設計，還是愛情，我只信奉一個原則，那就是初心。」

石媛看著蘇漾，半天沒有說話，只是忍不住笑著說了一句，「怎麼辦，蘇漾，我怎麼覺得妳會成功呢？」說完，以玩笑的口吻說著，「苟富貴，勿相忘啊。」

兩人這麼你來我往，沒多久，四十分鐘就到了，石媛看了一下時間，低聲嘀咕道：「他大概已經到了吧。」

蘇漾疑惑地看了石媛一眼：「誰啊？妳約了客戶？」

石媛痞痞一笑，肩膀微抬：「顧熠。哎呀，說曹操，曹操就到。」

石媛話音剛落，蘇漾下意識回頭，顧熠已經走過來，坐到蘇漾身邊。

他額頭上帶著些汗珠，也不知道從哪裡趕過來的，身上還帶著些許夏日的暑氣。

蘇漾看看兩人，嘴角勾起冷冷一笑，以殺人的目光射向石媛：「妳通敵賣國？」

石媛趕緊投降，「我發誓我沒有。」她看了顧熠一眼，飛快甩鍋，「我是被威脅的。」

顧熠接到暗示，趕緊承認，「是我。」他咳咳兩聲，「石媛，妳應該工作挺忙的吧？」

石媛立刻起身：「對，那你們好好聊。夫妻床頭吵床尾和，不行再回到床頭打一架！」

說完，風一樣離開了沙縣小吃店，留下蘇漾黑著一張臉和顧熠面面相覷。

蘇漾頭也不抬，冷冷斜睨顧熠，「你倒是挺厲害的，什麼時候把石媛給收服了？」這小丫頭，真的一點都不堅定，交友不慎，「氣都被她氣死，我為了幫她取車，還叫了計程車，我真是瘋了。」

顧熠笑，很謙遜：「也沒有，她只是識時務，投誠了。」

「呵，」蘇漾冷笑，「怎麼，就你助攻多，高興啊？」

「這說明我是眾望所歸。」

蘇漾懶得和顧熠這個臭無賴鬥嘴，拿起自己的包包就要走，顧熠倒是不疾不徐，跟在蘇漾身後，也不道歉，也不哄蘇漾。

蘇漾覺得好像一拳打在棉花上，怒氣三兩下就被化解了。

忍不住回頭譏諷一句：「你不是生日嗎？不去慶祝？」

顧熠挑眉一笑：「昨天晚上喝多了，原來我的生日是十二月，記錯了。」

「你……」蘇漾被他恬不知恥的樣子氣到，話也懶得說了，轉頭就走。

顧熠腿長，兩步就跨到蘇漾身邊，不等她抗拒，一把將她攬進懷裡，任由她氣急敗壞，蛇一樣扭動，也死不放手。

蘇漾搞得氣喘吁吁：「顧熠，你還要不要臉？」

顧熠微微低頭，眸光溫柔：「我前面的三十幾年都很要臉。」

「那你現在怎麼就不要了？」

「單身這麼多年，我想明白了一點，人還是不能太要臉。」

「……」

蘇漾掙不開顧熠的懷抱，氣得粉拳重重捶在顧熠胸前。

誰知顧熠沒什麼感覺，她的手倒是捶痛了：「我告訴你，顧熠，你要是以為耍賴就沒事，那你就大錯特錯了，這筆帳我肯定會和你算得清清楚楚。」

「算，肯定算。」顧熠說。

「你為了……」蘇漾終究是個感情經驗有限的女孩，說不出露骨的話，「……做那什麼的事……這種謊都說得出口，還有什麼你做不出來？」

顧熠死死摟住她的腰，一邊說話，一邊撩著她後背的頭髮，完全不是深刻反省的樣子。他說：「第一次肯定會有點難受。」

蘇漾見他這麼大剌剌說出來，更氣了：「你還說？！」

顧熠看她一眼：「不然，我給你機會發洩？」

蘇漾狠狠瞪他一眼：「怎麼發洩？」

顧熠無辜地皺眉：「上次是我主動的，這次，換妳主動？」

顧熠剛要完無賴，蘇漾已經一掌拍在他額頭上：「你想得美！」

蘇漾沒用什麼力道，完全是花拳繡腿，顧熠一點感覺都沒有，只是低著頭看她，右邊嘴角微微一抬：「那妳的意思是，就這麼算了？」

「我什麼時候說過？」

「剛剛我說讓妳發洩，妳不要，那這事不就算了嗎？」

蘇漾被顧熠的話氣到：「怎麼可能就這麼算了？」

「那就是說，妳還是要主動一次，才能甘休？」顧熠頓了頓，一臉「就義」的表情，「那妳說吧，去妳家還是我家？」

「……」

顧熠這偷換概念的本事蘇漾真是自嘆不如，他哪裡是哄她，分明就是耍無賴。

男人都是用下半身思考的動物，這句話絕對是真理。想他顧熠一個嚴肅、不近人情的男人，脫了衣服，居然也完全是另一副模樣，那點過人的智慧，全用在騙她上面了。

可見男人在進化上還是慢了女人一步，獸性本能還沒有完全褪去。

蘇漾在顧熠身上看到了男人不同的潛力，不知道是他招數太多，還是她太菜，竟然有點眼花撩亂、招架不住的感覺。

兩人都因為下午的會議穿得很正式，此刻顧熠這麼死死抱著蘇漾，在人來人往的辦公大樓附近，相當引人注目。

蘇漾臉皮薄，狠狠瞪著顧熠：「放開我，再鬧我真的要生氣了。」

顧熠笑笑說：「原來妳沒有生氣？」

「……」

蘇漾算是澈底服了顧熠，什麼氣啊算帳的，就這麼拋到九霄雲外了。誰說女人不奇怪呢？明明氣得要命，可是看他工作那麼忙，還肯花時間大老遠跑來哄她，又覺得好像什麼都不重要了。

「你今天不加班？」

蘇漾的手肘頂在他前胸，稍微挪動身體。顧熠見她不反抗了，手上稍微放鬆了一些。

「妳放了整組人，我還以為妳怎麼樣了。」

蘇漾撇嘴：「只是一份工作，你以為是簽了賣身契啊，最近老是加班，還不能早點下班一次嗎？也沒給我多少錢。」

顧熠聽她嘰嘰喳喳地抱怨，知道她是真的不生氣了，啾一聲親了蘇漾一下。蘇漾還沒反應過來，他已經放開了她，轉而握住她的手。

起先他用大手包住她的手，等她沒那麼緊繃了，手指再滑入她的指縫，與她十指相扣。

「既然不加班，那就約個會吧。」顧熠微微側頭看她，雅痞地一笑，「蘇小姐。」

「神經。」

夏日將近，這種天氣在街上逛著並不浪漫，空氣溼熱，氤氳得好像洗澡時的窄小浴室。手牽著手，讓手心出了更多汗，明明黏膩得很不舒服，蘇漾卻沒有甩開顧熠的手。

蘇漾的臉頰始終帶著紅暈，微微偏頭看向別處。她的嘴脣上還留著點點的溫熱，忍不住用手觸了觸，那是下意識的動作，彷彿摩挲著他留下的氣息。

在很多人眼裡，顧熠是「人生贏家」。二十幾歲就開始獨立設計，三十歲之前已經成名，還成立了個人工作室。

憑良心講，他是一個魅力出眾的人，出眾的外表和極有個性的寸頭，讓他不管出現在什麼場合，都能輕易成為眾人焦點，讓人印象深刻。撇開個性不談，他真的是近乎完美，這也是他成為年輕一代建築師偶像的原因。

蘇漾對待他的心情很是複雜。

在事業上，她崇拜著他，渴望和他並肩，站在業界的頂端；在生活上，她受他照顧，感激他的體貼。雖然他經常會把她氣得半死，可是大部分時間，她慶幸於他的存在。

他是她的目標、對手、依靠和最好的陪伴。

很久以前和石媛一起研究過星座，蘇漾看到書上說，天蠍座的人主宰一切，心機、謀略、城府都超過其他星座，所以天蠍座最容易突破傳統，獲得成功。而唯一能和天蠍座抗衡的，是在風雲詭譎的世界裡馳騁叱吒的摩羯座，摩羯是土象星座，比水象的天蠍更理智也更能綜觀大局，所以天蠍座最怕摩羯座。

她的名字裡都是水，而他的名字裡都是火。

真神奇，他們兩個什麼都不相配的人，居然走到一起。

蘇漾想到這裡，抬頭看了顧熠一眼，他正好也回頭看她，隨口問道：「石媛上次和我打聽 Gamma 招聘的事，她想換工作？」

蘇漾對此有些意外：「她沒和我說過。」

「她後來也沒說了，大概只是打聽一下。」顧熠說，「不過，以 Gamma 的工作量，她來了應該會後悔。」

「她現在也常加班，」蘇漾笑，「只是沒我那麼常熬夜。」

顧熠低頭看了蘇漾一眼，眼神溫柔：「妳有後悔當建築師嗎？」

第一次有人這麼問她，倒是把她問住了，她反問顧熠：「那你呢？我記得你和我說過，你小時候想當醫生，那你後悔當建築師了嗎？」

顧熠眉頭一挑，笑笑說：「我倒是沒有，現在新聞裡都是病人殺醫生，建築師好歹不用挨刀。」

「噗嗤，」蘇漾被他逗笑了，「神經。」

「我有一段時間，事業陷入瓶頸，覺得自己只是周而復始地接專案、做專案，失去了當建築師的熱忱，也不知道這樣下去有什麼意義。」

顧熠深邃的眸子眨了眨，睫毛又密又長，從側面看，好像電影的特寫畫面。他的視線看向前方，以平靜的口吻說著：「那一年，周教授找我，希望我每年都給N大幾個名額，收實習生。然後，因緣巧合，第一批實習生就來了一個女孩。

「之後我一直覺得很慶幸，慶幸當初進入這個行業。」顧熠牽著蘇漾的手，半晌，他突然含情脈脈地看著她，聲音壓低了幾分，「因為進入這個行業，我才遇見了妳。」

他握著她的手，微微收緊了一些：「在遇見妳之前，我以為，我不可能有什麼值得牽掛的人和事了。」

蘇漾原本以為顧熠是要說點什麼工作理想之類的，所以拿出做學生的態度，準備認真聆聽，誰知道他話鋒一轉，竟然是一段這麼肉麻兮兮的表白。

明知道他慣用這個招數，蘇漾的眼眶還是忍不住紅了紅。

在這樣的工作環境、工作時間之下，談戀愛真是一種奢侈。

連睡覺時間都不夠，別的精神需求都是浮雲，她從不抱怨顧熠不浪漫，因為她也是典型的工科女。

「顧熠，你最近是不是偷學了什麼東西？我覺得你這油嘴滑舌的功力提升了很多。」

顧熠撇過頭看向蘇漾，以充滿暗示的眼神盯著她：「妳是說吻技？」

「……」一句話把她剛冒出來的感性都壓下去了，她捶了他一拳，「夠了沒啊？」

顧熠笑了笑，捉住蘇漾的手，把她往懷裡一攬：「妳剛才在小吃店裡，沒點吃的，現在餓不餓？」

蘇漾本來不是很餓，和他這麼一鬧，肚子倒是叫了起來。

「好像有點餓了。」

顧熠看了一下時間，想了想說：「我正好約了客戶吃飯，妳就跟我一起去吃吧。」

蘇漾和顧熠在工作上都很講究原則，有些猶豫：「客戶會不會不高興？」

顧熠說：「肯定不會，放心吧。」

蘇漾除了見客戶，很少在這麼高級的俱樂部吃飯。

這家在N城能排上前十名的俱樂部，光是入會費就要二十幾萬，這麼多錢只換到一個會員身分，買一個可以在俱樂部住宿和吃飯的資格。

顧熠出示身分後，帶著蘇漾往裡面走，俱樂部的工作人員畢恭畢敬，把他們帶到一處私人宴會廳。

蘇漾忍不住皺了皺眉：「是甲方的總裁來了嗎？」

顧熠抿了抿唇，什麼都沒有回答。

服務人員拉開兩公尺高的大門，蘇漾和顧熠跟著領班走過一小段路，最後終於見到顧熠的「客戶」。

竟然是顧熠的父親，恆洋的顧總。

要是以前，蘇漾自然能平靜大方地和人家吃飯，可是如今她和顧熠的關係，叫她怎麼冷靜面對？

蘇漾被領到位子上坐下，幾乎是反射性地瞪了顧熠一眼，小聲說：「你是怎麼回事？這是客戶？」

顧熠接過服務員遞上來的熱毛巾擦了擦手，一臉坦然：「恆洋不是我們的客戶？也是東城專案的開發商之一啊。」

蘇漾：「……」

顧總雖然年過五旬，但是風姿和氣度都很出眾，他坐在大圓桌的另一頭，和他們離得較遠，沒有聽到他們的對話，專心聽服務員說明今天的菜單，選著餐點。

比起蘇漾的緊張，顧熠倒是自在得很，也不和他說話，全程視線都落在蘇漾身上，完全就是個青春期的叛逆少年。

選完了餐點，顧總的注意力終於落到他們身上。

「剛加完班？」顧總隨口問道。

顧熠頭也不抬，竟然是沒有要回答的意思。

蘇漾見氣氛有些尷尬，趕緊回答了一句：「今天下班比較早。」

顧總看了蘇漾一眼，嚴肅的眼眸中流露出幾分溫和：「幾年不見蘇漾，比以前好看了。」

顧熠往後靠了靠，有些不耐地說：「你不是說，想聽一聽東城專案的進展？」

顧總一皺眉，毫不客氣，一個擦手毛巾就扔了過來，直接掉在顧熠面前：「你這個臭小子！不說專案，你就不願見我了是不是？」

顧熠對這種激烈的場面，面不改色，目光緩緩移到顧總身上，「我知道，你聽到風聲，想見見她。」顧熠努了努嘴，指了指蘇漾，「喏，這就是你的兒媳婦。」

蘇漾原本只是來吃飯的，卻沒想到這不是普通的飯局，而是一場鴻門宴。

看著劍拔弩張的父子倆，再看看顧熠桀驁不馴的眼神。蘇漾實在無言以對，她忍無可忍，瞪了顧熠一眼，壓低聲音說：「……我們什麼時候打算結婚了？」潛臺詞是見家長這種事不是應該提前商量嗎？讓她有個心理準備？

顧熠的表情很是自在，手放在蘇漾的椅子上，微微撇過頭：「妳不想結？難道……妳只是玩玩？」

第二十六章　設計圖

顧總的視線一直放在蘇漾和顧熠身上，這種無形的壓力讓蘇漾一句話都說不出來，當著長輩的面，她也不能打顧熠，只得含混過去。

等顧總的注意力轉向別處，蘇漾才伸手狠狠掐了一把顧熠的大腿，但顧熠皮糙肉厚，竟然沒什麼反應，仍舊隨性坐著，眼睛都不眨一下，任她掐著玩。

「顧總，今天是開您的藏酒嗎？」服務員過來畢恭畢敬地詢問。

顧總看了看時間，漫不經心地掃了顧熠和蘇漾一眼：「今天帶了一瓶新酒，我讓老陳送進來。」

老陳是顧總的司機，不與他們一起用餐。

顧總的手剛碰到手機，突然又抬起頭，冷冷掃了顧熠一眼：「你去拿吧，老陳應該在車裡休息，別吵他了。」

蘇漾一聽這話，心臟撲通一跳，幾乎是下意識地將求助的目光投向顧熠。

蘇漾和顧總不熟，顧熠一走，在這封閉又安靜的空間裡，真是尷尬至極啊。

顧熠看了看顧總，又看了看蘇漾，眸子裡寒光微閃。

顧總和顧熠如同一個模子刻出來的濃眉緊蹙：「怎麼？還怕我把她吃了？」

蘇漾本來極其不願顧熠離開，但聽顧總的語氣，擺明了是有話要和她說。有些事，躲也躲不掉，倒不如正面應對。

蘇漾輕吸了一口氣，對顧熠說：「你去拿吧。」

顧熠沒想到蘇漾會這麼說，眼中流露出一絲懷疑和猶豫：「妳確定？」

「嗯。」

高級的俱樂部，裝潢卻不是富麗堂皇、金碧輝煌的風格，而是簡單中帶著設計感，精緻又很有質感。

牆上的裝飾畫出自名家手筆，牆內的藏品也是現代藝術家的作品。

真正的富豪並不如常人想像的又土又沒素養，至少顧總不是。

他和顧熠的長相有幾分神似，身形也差不多，氣質卓然而沉靜。

顧熠離開後，整個小宴會廳裡便安靜下來，只聽見服務員在工作間裡極其細微的動作和小聲說話的聲音。

蘇漾並不擅長和長輩打交道，也不敢貿然開口，只好拿起面前的水杯，微微抿了一口。

「聽說，妳後來去了X城。」顧總的聲音很溫和，完全沒有要為難蘇漾的意思。

因為各種關係，蘇漾面對顧總還是有些緊張，剛喝下去的水滑過食道進入胃裡，胸前一片冰涼的感覺。

她認真思索後說道：「X建大的建築系很出名，學術氛圍比較適合我。」

「妳應該知道，當初她們打算送妳去美國，勞師動眾的。」

蘇漾後來知道了自己能去 Gamma 實習的原因，也知道了她的身世，以及三位長輩對她的付出。

纖瘦的手指緊握：「國內挺好的，我喜歡這裡。」

「嗯。」顧總抬頭看了蘇漾一眼，「以後妳打算留在顧熠的事務所？」

蘇漾有點猜不透顧總的意思，只能順著他的問題回答：「暫時是這麼打算，顧熠能教我很多東西。」

聽到這裡，顧總嚴肅的嘴角終於有了一絲鬆動，微微輕抿，一個淡淡的笑容顯露出來。

「顧熠從來沒有以女朋友介紹過哪個女孩，妳是第一個。」顧總說，「他一直對我有很深的敵意，以他的個性，也不會因為我想見妳，就帶妳來見我。」

蘇漾抬頭看了顧總一眼：「那今天……」

「因為東城改建的專案。」顧總笑，「萬世的肖群是我三十年的朋友，我的意見，他總會聽的。」

「……」

蘇漾看到顧總的第一個想法，就是這個中年男人是顧熠的爸爸，完全沒有想到東城改建的專案。

「怎麼會？」蘇漾還是有點不敢相信，認識顧熠這麼多年，他從來沒有給過她任何特殊待遇。不管是以前，還是現在，「這不像他的個性。」

對於蘇漾的疑惑，顧總似乎早有所料，只是不疾不徐地說：「不管他脾氣多壞，多不近人情，對待心上人，總是不一樣的。」

顧總喝了一口水，突然很鄭重地說了一句：「希望妳能對他好一些，他這麼多年，也不容易。」

顧總說話的時候，視線移向別處，不願讓蘇漾看到他真情流露的樣子。

這麼彆扭。這對父子真是一模一樣。

顧總在外風光無限，面對自己的兒子，也不過是個普通的父親。蘇漾聽著他誠懇的話語，心間微顫，一瞬間百感交集。

「我知道。」蘇漾說。

顧總說完後，輕嘆了一口氣。許久，他才用有些複雜的眼神看了蘇漾一眼，「你們有空，多回家吃飯，妳……」他頓了頓，說道，「張阿姨，也很想見見你們。」

回N城也有一段時日了，蘇漾從來沒有和顧夫人見過面，倒不是沒有機會，只是她都刻意避開了，她不想上演電視劇裡的狗血重逢場面，那不符合她的個性。

對於顧夫人，談不上愛或者恨，之於蘇漾，她不過是一個比較親切的阿姨，在蘇漾心裡，她就只有蘇媽一個媽媽。

「顧熠工作比較忙。」蘇漾的表現不卑不亢，既不抗拒，也沒有過分親近，「等他不忙了就去。」

蘇漾話剛說完，小宴會廳的門就打開了，在服務員的帶領下，顧熠手裡拿著一瓶標籤全是法文的紅酒，緩步走了進來。

他把酒放在顧總面前，隨口說：「我不喝酒。」

顧總對他的拒絕已然習慣，直接嗆了一句：「我這好酒，你喝糟蹋了。」

這頓晚餐最後驚無險地結束。

顧熠帶著蘇漾離開的時候，顧總也沒有攔，只是淡淡看了兩人一眼，什麼話都沒說。

兩人從大門出去，俱樂部的泊車員已經把車開了過來，顧熠接過鑰匙，兩人一起上了車。

離開俱樂部，顧熠始終皺著眉頭，急不可待地問她：「他和妳說了什麼？」

蘇漾慢吞吞地拉起安全帶扣上，想了一下才看向顧熠：「後來你媽媽，有消息嗎？」

顧熠聽到蘇漾這麼問，立刻豎起一身的刺：「他居然和妳說了我媽？」

蘇漾搖了搖頭：「並沒有，我只是在想，也許他不像你想得那麼壞。」

顧熠眼中閃過一絲厭惡：「果然是上市公司的老總，這口才不一般，不過幾句話就把妳收服了。」

「他終歸是你父親。」

顧熠皺了皺眉，對於這件事，他始終不能釋懷，「如果他真的愛我，愛我們這個家庭，當年就應該盡全力去找我媽，而不是在我媽失蹤幾年，死活不知的情況下，直接娶了別人！」不等蘇漾說什麼，顧熠的表情始終緊繃，「妳不是我，妳不會懂。」

蘇漾鮮少看到顧熠這麼激動，她沒有再說什麼，只是默默將手伸過去，以溫熱的指腹，摸索著顧熠的手背。

「其實他沒和我說什麼，只是叫我對你好一些。」蘇漾想著顧總說話的表情，覺得父子倆真的完全一樣，明明在乎，卻假裝冷漠，「你走之後，我仔細看了看他，發現他白頭髮倒是不少。」

顧熠回過頭瞥了蘇漾一眼：「妳到底是哪邊的？」

「我也說不出為什麼，但我總覺得你們之間，是不是有什麼誤會？」

顧熠將方向盤握緊了幾分，半晌才說：「我一直在等他解釋。等了這麼多年，已經覺得無所謂了。」

「或許他也不知道怎麼解釋吧。」

顧熠面對不願意聊的話題，有一萬種逃避的方法。對於他們的父子關係，他不願意多聊，便很不正經地說了一句：「我們家的事多著呢，等妳嫁進來，有得操心的。」

「……」一句話，成功堵住了蘇漾的嘴，誰叫她害羞呢？

她往窗外看了一眼，也跟著轉移話題：「聽說，這頓飯，能爭取到萬世的一票？」

顧熠的手扶著方向盤，表情沒什麼變化：「他出面的話，是這樣。」

蘇漾笑：「你終於也學會公私不分了？」

「我只是怕妳輸得太難看，好歹幫妳拿一分。」

「一共三票呢，你就知道我一票都得不到？我對我的方案可是很有信心的。」

「是嗎？」顧熠似笑非笑，瞥了蘇漾一眼，「我很期待看妳搞定他們。」

蘇漾聽到顧熠這句話，原本疲憊的腦子突然清醒過來。什麼顧氏父子她不想聊了，豪門祕辛她也不關心。辛苦了這麼久，不就是為了拿下這個專案嗎？

「那你的意思是，只要我能自己搞定他們，你就把專案給我？」

顧熠輕輕哂笑：「嗯。」

「你不會到時候因為技術太新，輿論壓力就反悔吧？」

顧熠見蘇漾這麼不相信他，哭笑不得：「我什麼時候出爾反爾過？」

「太好了！」蘇漾突然激動地一拍手，「那你現在趕快送我去事務所。」

顧熠皺眉看了看時間：「都幾點了，去事務所做什麼？」

蘇漾瞪他：「我得要我的團隊趕工啊，沒有好東西怎麼去說服別人？」

說著，她拿出手機，準備一個個打電話給組裡的同事，要他們回來加班。

趁著等紅燈的空檔，顧熠一把搶走蘇漾的手機，濃眉微蹙：「我仔細想想，還有更快的捷徑，不用趕工。」

「什麼捷徑？」

顧熠轉過頭看向蘇漾：「說服我，我是設計總監，方案最後都是我敲定的。」

「我要是能說服你，就不用去求別人了。」

「妳可以的。」

蘇漾不可置信地指著自己：「我？那你教教我，怎麼說服？」

顧熠清咳兩聲：「這個，要拿出誠意和耐心，耗時較長，正好我家不遠，去我家說吧。」

蘇漾：「……」

蘇漾最終還是跟著顧熠一起到他家去坐坐了。

他家確實離吃飯的地方不遠，只開了四十幾分鐘的車，真的不遠。

要不是顧熠是司機，蘇漾怕是要敲破他的腦袋。

蘇漾對顧熠的家自然是不陌生，不久前，他「生日」那天才來過。

顧熠為她倒飲料，蘇漾把筆記電腦拿了出來，很快開了機。等顧熠回來，蘇漾已經在電腦前調整圖稿了。

顧熠見狀，心不甘情不願地把一杯柳橙汁放在蘇漾面前，蘇漾頭也不抬地說了聲「謝謝」，喝了口柳橙汁，繼續研究方案。

「喂。」顧熠終於忍無可忍地皺起眉頭，「妳現在是修練成精了？」

蘇漾太專注於工作，沒聽清楚顧熠說什麼：「嗯？」

「我說妳，修練成加班精了？」

「呵呵。」蘇漾以為他在開玩笑，配合地笑了笑。

顧熠輕嘆了一口氣，拿出一把凳子，坐在蘇漾對面，從她專注的臉上，彷彿看到過去的自己。曾幾何時，他也對建築設計有過這樣的熱情。

「我以為，我替妳搞定了肖總，妳好歹會做點什麼報答我。」

蘇漾微微抬眸看了顧熠一眼，點頭贊同：「我會做出最好的設計報答你。」

「我不是說這種。」顧熠的手肘撐在桌上，看起來氣質翩翩，哪怕只是閒適坐著，也自成風韻。他慵懶地點了點自己的額頭，意有所指地說道，「我說的是更直接的方式。」

「嗯？」蘇漾原本盯著電腦螢幕的眼睛突然抬起來，問了一句，「你覺得，公共設施和美觀的外形設計，哪一個比較重要？」

顧熠看著蘇漾認真的小臉，突然覺得她之前說，一個家裡不適合有兩個建築師，還真是有道理。

「看妳想得到什麼。」顧熠說，「著重公共設施能便民，著重外形美觀能成就設計師。」

聽了顧熠的回答，蘇漾的表情倒是坦然：「我做建築不是為了上新聞，說實話，我也沒有指望能成為一座城市的名片，至於名利，就更別提了。」

「噢？」顧熠想到之前和蘇漾聊天，「我記得妳和我說過，妳也有妳的野心。」

蘇漾終於將注意力從電腦完全轉移到顧熠身上，她的表情安然而無害，放鬆了身體所有緊繃的弦，以很真誠的態度說，「我說的野心，不是想要成名，而是想要把我心中所想的東西，付諸實行。」和旁人解釋她的建築理念和堅持太辛苦，和顧熠卻不會，「我想做融入自然和歷史的設計，取材於當地，讓當地人參與，同時也能讓人聯想到中式古典的架構。」

說完這些，她突然笑了笑，看著顧熠：「這也是野心吧？」

顧熠微微偏頭，一隻手懶懶地撐著，許久，他平靜地說：「這很難，妳要知道，我們的國家正在高速都市化。為了解決集體生活的需求，規劃和設計都在尋求這樣的模式：監獄、醫院、工廠、養雞場、養豬場。把人以這樣擁擠的方式湊在一起，會讓身在其中的人有安全感，因為同伴就在身邊。」

顧熠說著，表情也有些憂慮：「現代主義建築，大多都是以醫院的元素為主，窗明几淨，陽光穿透，看起來很健康，也很醒目。這並沒有什麼不對，只是這樣的建築很難和自然真正融合，卻已經為大眾接受與習慣。想要撼動前人用了那麼久，才讓大眾接受的現代主義建築，以一己之力，很難。」

「以前曹子崢跟我說過，巴黎是一個很成功的城市。十九世紀中葉，巴黎進行過一次大規模的改造。道路改得比傳統的寬，卻不太寬，高度比以前高，卻不太高。整個巴黎由成千上萬個大花園組成。保留他們獨有的文化，同時也加入了一些新的東西。別人說巴黎是浪漫之都，一個城市孕育出那麼多唯美的故事。」蘇漾說，「我們作為建築師，應該找到人和大自然共存的設計方案。把自然種進人心，把人帶進自然的懷抱。

「我不喜歡現代的時尚，不過是盲目跟隨國外最新的潮流。」蘇漾說，「一個國度失去其極具代表性的文化特色，那麼，失去的，將會是扎根於文化的尊嚴。」

顧熠對她這番言論極為震撼，不知不覺坐直了一些：「所以？」

「我聽說你喜歡手錶。我以前聽過一個故事，很久以前，製錶最厲害的是瑞士，機械錶就是他們發明的，那個時候瑞士錶幾乎壟斷了手錶的市場。後來日本有一個企業，叫做精工，他們發明了石英錶，更準確，一顆電池可以用很久，不再需要手工操作和調整。更重要的是，石英錶造價便宜，所以很快風靡全球。當時很多瑞士的製錶企業都倒閉了，只有少數品牌還堅持著，但是銷量也大大降低。後來，這些品牌都被同一個企業收購，他們向全世界宣揚一個概念，那就是機械錶不是看時間的工具，而是藝術品，具有很大的文化收藏價值。」蘇漾的表情很溫和，「神奇的是，這個企業後來透過旗下的各種品牌，成功地將這個想法推廣到全世界。如今機械錶的價格是石英錶的好幾倍，成為鐘錶收藏家的最愛，靠文化情懷漂亮翻身。我希望，屬於我們的建築文化，也能像機械錶一樣，重新回到人們的視野。」

五年過去，蘇漾的談吐能力遠遠超過以前，顧熠也曾見識她與人談判時不卑不亢的態度，舉手投足間還帶著幾分學院派的內斂。對大部分人，她掩藏自己真正的想法，所以當她很放鬆地與顧熠說起自己對於建築的願景時，顧熠覺得她眉宇間，彷彿又恢復了少女的神情。

專注、美好、靈動。

顧熠側頭掃了她一眼，眸光微微一閃。

「蘇漾。」他抿脣，喚著蘇漾的名字，喉結滾動，低沉地說，「妳要知道，這是比成名，更大的野心。」

她一個女人，竟然企圖改變世界。

「我有耐心。」蘇漾笑，「建築雖然是藝術品，但畢竟不是油畫、古董，時間久遠便能增加價值。建築需要通過大眾的檢驗，我覺得，我走的是一條正確的路。」

顧熠把蘇漾拐到家裡，原本是別有所圖，可是這傻丫頭，在得知自己仍有希望拿下設計權後，心思立刻就飛到工作上。不知不覺間，兩人就東城改建的專案討論出很多全新的細節。她對此大為興奮，熬夜畫出許多新的想法。

凌晨三點多，顧熠洗完澡換完衣服，從衣櫃裡拿出衣服給蘇漾，準備催她去洗澡，誰知到了桌前，她已經趴在電腦前睡著了。

她把整張臉都埋在手臂裡，也不知道悶不悶，顧熠輕推了一下，她沒有醒。

顧熠知道她近來很累，因為這個專案設計已經加班十幾天了，甚至還有三四次看到她熬夜，就是鐵人也撐不住。

她坐在空調出風口下面，顧熠看了一眼，收起她的電腦，輕手輕腳地扶住她的後背，勾住她的腿彎，將她從桌前抱了起來。

她一被顧熠抱起，人就醒了，揉著惺忪睡眼，她的聲音小小的：「幾點了？」

顧熠的表情溫柔，輕聲回答：「三點了，該睡覺了。」

「我的圖……」蘇漾半夢半醒間還在關心她的圖。

顧熠無奈地笑了：「存檔了。」

「謝謝。」

顧熠把她放在床上，她幾乎是秒睡。沒什麼儀態，也沒什麼戒心。

顧熠也躺上床，將睡著的蘇漾往懷裡一摟，蘇漾本能地扭了扭，抱住顧熠，手腳並用，十分孩子氣。

她在他面前總是展現出真實的自己，有灑脫也有固執，有自信也有自卑，有理性也有感性。不管是怎麼樣的她，都深深牽動顧熠的心。

以前顧熠把自己的生活規劃得非常忙碌，林鋮鈞說他是當和尚的命，當年他自己也這樣覺得。如今想想，感謝這個女人出現，解救了本該當和尚的他。

顧熠一隻手扶住蘇漾的後腦杓，按在自己頸窩裡。

蘇漾頭髮上那股淡淡的香氣，有如一隻無形的手，撩撥著他身體裡已然復甦的欲望。漸漸發熱的身體與粗重的呼吸，和睡得香甜的女人加在一起，變成一個詞——忍耐。

這漫漫長夜，真是難熬，顧熠想：早知道這樣，還不如送她回家。

之後幾天，顧熠很少在事務所裡見到蘇漾，這倒讓顧熠很意外。

這天，顧熠去蘇漾辦公室找她，她又不在，她的助理繪圖師，一個剛畢業的新人很熱情地說：「蘇工去歌氏了。尚司已經接受我們的方案，現在就剩歌氏還不肯接受，蘇工說要親自說服他們。」

顧熠聽到這句話，皺了皺眉，腦海中想到之前的事。對於他私心帶她去見顧父，希望拿到萬世一票的事，她沒有表示什麼，甚至很倔強地說：「我不想走後門，我想靠自己的實力說服別人。」

再想想她最近的工作狀態，突然覺得林鋮鈞說得很對，現在的蘇漾確實獨立過頭了，甚至不知道還可以依賴他。

也許，他真的對她太過嚴厲。

拿了車鑰匙，徑直去了停車場，他正好要去歌氏大樓附近辦事。結果一路擁塞，頂著豔陽，終於進入歌氏大樓的停車場，停車場車位幾乎全滿，顧熠繞了一大圈，車位沒找到，倒是找到了他要找的女人——蘇漾。

她背著她的大背包，那個包包裡有電腦和規劃圖紙，放在她身邊，竟然和她上半身差不多高了。

她坐在一個停車場出入口的臺階旁邊，也不知道坐了多久。停車場廢氣味道重，又沒有空調，在這樣的天氣裡就像是個異味很重的大蒸籠，蘇漾的頭髮已經濡溼，狼狽地貼在她額頭、鬢角。

顧熠坐在車裡，遠遠看了蘇漾一眼，眉頭緊鎖。

拿出手機，撥通了蘇漾的電話，沒幾聲就接通了。

顧熠看見遠處的蘇漾接起電話，言簡意賅地說：「妳在哪裡？」

『啊……我在等著和人談事情。』

她的聲音輕描淡寫，似乎沒什麼事的樣子。

「吃了嗎？」顧熠問。

『剛吃過。』

現在已經快下午一點，她能熱成那樣，怕是在停車場等很久了。

「妳還要談多久？我去接妳？」

『不用了，我在歌氏，歌氏的人都很好的，負責人不在，要我先等等，我吹著人家的冷氣，還喝了幾杯咖啡。』蘇漾用很歡快的聲音說著，手上卻用不知是什麼的紙片搧著，以微微的風解著暑氣。

蘇漾不是第一次騙他，以往也曾說得臉不紅氣不喘，卻沒有一次讓顧熠這樣難受，胸口好像被人抓住一樣，呼吸都有些滯悶。

前兩天，顧熠送蘇漾回家，還開玩笑地問她：「聽說妳最近都在說服別人，親自去搞定這些人，妳覺得辛苦嗎？」

當時蘇漾仰起下巴，倨傲地說：「當年法國總統密特朗沒有經過競標，直接將羅浮宮的改建交給華裔建築師貝聿銘。貝聿銘的設計遭到幾乎百分之九十巴黎市民的反對，還說貝聿銘的玻璃金字塔設計是『廉價的鑽石』。他親自去說服別人，上電視演講，後來更是做了一個模型在羅浮宮前面展出，最後終於在六萬法國民眾投票中，獲得了建造資格。」她眼中光芒璀璨，自信飛揚，「大師那麼辛苦才有今天，我這算什麼？」

他知道現在的她比他想像的更能吃苦，可是親眼看著她吃苦，那絕對是兩件事。

出入口走出一個熟悉的身影，歌氏的劉旭，蘇漾立刻起身，匆忙在電話裡說了一句：

『我還有點事，不說了，拜。』

蘇漾必須承認，她對自己有點自信過頭了。

她的中式元素設計，以及最新的建築技術，打動了Gamma的建築師團隊，因為他們都是建築師，心底深處與她一樣，有著革新建築界的憧憬。而甲方，則和他們的出發點完全不同，比起爭議，他們更希望穩妥。

說服尚司的過程還不算太困難，說服歌氏，就幾乎是不可能的任務。

尤其是劉旭，他對女性建築師始終有些偏見。起先蘇漾上門，他還見一見，雖然也是無功而返，但還受到幾分尊重。

後來蘇漾去太多次了，他嫌煩，就找各種理由避不見面，甚至不讓蘇漾進公司等。

蘇漾不願意放棄，才想出這麼個在停車場堵人的方法。

顧熠打電話來的時候，她已經守了三四個小時，午餐也沒吃，帶來的一瓶礦泉水喝完了，去買又怕錯過劉旭，只能一直忍耐。

好不容易看到劉旭下停車場，蘇漾也顧不得和顧熠說話，趕緊掛了電話，跟上劉旭。

「劉總。」蘇漾背著自己的大包包，亦步亦趨地跟在劉旭身後。

劉旭手上拿著車鑰匙，見到蘇漾居然守在這裡，立刻露出陰沉的表情：「妳是怎麼回事？怎麼在這裡？」

蘇漾陪著笑臉，知道自己理虧，趕緊解釋：「這幾天聽您的祕書說，您有事出去了，所以想著在這等著您回來。」

劉旭不過隨便找個藉口，這下被揭穿了也不覺尷尬，只是沉下臉：「蘇小姐，我想我上次已經和妳說過了，我不支持妳的方案。」

「上次開會提的只是初步方案，現在我們有了很完善的規劃。」蘇漾還不氣餒，「您可以抽點時間嗎？讓我為您說明我們的完善方案。」

「不必。」劉旭說，「我們的藝術館不用太現代化的技術，藏品都是古樸的風格。」

「劉總……」

「不必說了。」劉旭的語氣明顯有些不耐煩，「蘇小姐，妳要是再這麼糾纏下去，我只好叫保全了。」

「……」

蘇漾工作以來，也見過不少固執或者不講道理的人，大多她都會堅持下去，為自己爭取更多機會，但人不可能隨心所欲、心想事成，總有她怎麼努力也做不到的事。

比如現在。

臉上、身上，連手心都出了汗，這樣的天氣裡，她等了好幾個小時，最後竟是這個結果，她真的不甘心。

她背著的是她和同事們的心血，可是劉旭因為對她的偏見，看都不看。她想要為所有人爭取機會，可是卻什麼都做不到。

蘇漾必須承認，她感到很挫敗。

「不好意思，劉總。」蘇漾背著大包包正要轉身之際，突然被一隻手用力攬了回來。

「這是怎麼了？居然還要叫保全？」

熟悉的低沉男聲，在蘇漾耳邊響起，她幾乎是下意識地抬頭，看著眼前突然出現的男人。

好像電影中最絕望的時刻，突然有英雄登場一樣。心中難受的感覺突然因為他的出現而消散。

「你怎麼來了？」蘇漾皺著眉，低聲問道。

顧熠沒有回覆蘇漾，只是微笑看著劉旭。

劉旭一見是顧熠來了，立刻不客氣地發洩自己的不滿：「顧工，她最近每天來騷擾我，這是不是你們內部的不良競爭？你這是怎麼回事啊？是不是該管管你的設計師？」

顧熠手中的力道加重了一些，臉上依舊笑容和煦，只是眼眸冰冷，「不好意思，她不僅是我的設計師，還是我的女朋友。」顧熠頓了頓，「我是該管管她，不該讓她這麼辛苦。」

第二十七章　未來過去城

早已過了吃飯時間，便利店靠窗的座位上一個人也沒有。顧熠和蘇漾坐在角落裡，沒有人打擾，冷氣很強，非常解暑，很是愜意。

蘇漾很喜歡便利店賣的關東煮，每每加班沒空吃飯，就會隨便過來選幾串，再舀幾勺湯汁澆上去，那種帶著辣椒的香氣，讓人食欲大增。

「你真是把人得罪大了，以後我怕是都不用來了。」想到今天的事，雖然顧熠的出現，解救了蘇漾，心理上也獲得極大滿足，但是守了這麼多天，他這一出頭，也算是澈底把蘇漾的路堵死了。蘇漾開著玩笑說，「我本來還指望靠這個專案的設計費發點小財，這下要回家吃自己了。」

「不用吃自己，可以吃我。」顧熠對此倒是滿不在乎。他微笑著看向玻璃窗外，手上握著一瓶礦泉水，那是他買給蘇漾的。對於蘇漾的擔憂，他倒是完全沒有放在心上，「蘇漾，最後的決定權在我。」

蘇漾捏著竹籤，半天才說：「我不希望你因為我被議論。」

顧熠不動聲色地看著蘇漾，眼睛微微一瞇，表情霸氣又篤定，完全大局在握的樣子，「我走到今天，沒有一天不被議論，從來沒有怕過。」他抿脣笑了笑，「妳答應過我，會用最好的設計回報我。」

「嗯？」蘇漾啃了一口甜不辣，思考著顧熠的話，一時沒有反應過來，半晌才說：「那你這樣算是濫用職權嗎？」

顧熠敲了敲下巴，一副認真思考的樣子：「嗯……這次就對不起劉藝了，他算是『陪標』了。」

蘇漾又好氣又好笑：「你果然是昏庸的『甲方』。」

顧熠笑：「那妳就是建築業的妲己。」

「胡說八道。」蘇漾啐了一口，心情倒是好了很多，胸口的穢氣也傾吐出來。

想到最近的經歷，再想想顧熠的話，竟覺得鼻頭有些發酸。

雖然顧熠的決定讓她覺得很暖心、很滿足，但她始終還是想要光明正大一些，也不願因為她的緣故，讓他的人生有汙點。她說：「不要為我做這些了，讓他們公平選擇吧。得之我幸，不得我命。」

顧熠看了蘇漾一眼，最後鄭重其事地說：「蘇漾，有時候也可以學著依賴我一些，讓我這個男朋友有點存在感。」

不用再去說服別人，蘇漾的工作又恢復了正常的步調。

上午指導小橙改完圖就過了吃飯時間，等到她們一起去員工餐廳，裡面只剩下三三兩兩沒幾個人了。

小橙一進去，一眼就看見和她們一樣，忙到很晚才來吃飯的林木森。

「林工。」

一看到同組的工程師，小橙立刻一臉興奮，捧著餐盤就過去了。蘇漾剛選好了飯菜，也捧著餐盤跟過去。

三人一組，經常一起吃飯，對此倒是不覺尷尬。

小橙剛嘰嘰喳喳講了幾句，手機就響了，她的親親男朋友打電話來，她連飯都不吃，就去講電話了。

看著她的背影，蘇漾搖著頭感慨：「年輕就是不一樣，有愛情就不用麵包了。」

小橙一走，剩下蘇漾和林木森，兩人除了工作也沒別的話聊，就討論了一下之後的工作計畫。沒多久，飯吃完了，小橙電話還沒打完，人也沒有回來。

蘇漾無奈地看著小橙盛得滿滿的餐盤，對林木森說：「你先上去吧，我留下來等她。」

林木森看了蘇漾一眼，推了推自己面前的餐盤，與蘇漾的餐盤碰撞，發出乒乓的聲音。

「歌氏那邊有進展了嗎？」

提起歌氏，蘇漾就有些頭痛：「歌氏怕是拿不下來，就看尚司和萬世那邊的回饋了。」

「尚司不是接受了我們的設計？」

「他們也不反對劉工的方案。」蘇漾知道尚司的意圖，那個女負責人對誰都笑眯眯的，對設計師也很尊重，正因為如此，她也許不會明確選邊站，而是抱持中立態度。

「萬世肯定是站我們這邊吧？」

「嗯？」

林木森往後靠了靠，目光上移，幽幽落在蘇漾臉上：「顧熠是妳男朋友，萬世的老總是他的叔叔。」

「我不希望他利用職權幫我。」

林木森微微撇開頭：「如果在這種時候都不幫自己的女人，那他真是枉為男人。」

蘇漾見林木森一臉嚴肅，話語間似乎誤會了顧熠，慌忙解釋道，「不不不，不是他不肯幫，是我不希望走捷徑。」說起顧熠，蘇漾內心柔軟了幾分，「我希望能用自己的實力說服別人，而不是走後門。作為建築師，我希望我是堂堂正正的，這樣才配站在他身邊。」

「……蘇工、林工，我回來了。」

蘇漾剛說完，小橙就匆匆忙忙跑了過來。

「當建築師真慘，約會都沒時間。他約我晚上吃飯我去不了，他非常不高興。」

小橙的五官有些糾結，還要說下去，就聽見林木森「啪」一聲站起來，收走了他的餐盤。

「你們慢慢聊，我去工作了。」

說完，轉身就走了。

小橙啃著雞塊，一臉錯愕：「蘇工，妳和林工吵架了？」

蘇漾也有些莫名其妙：「沒有啊？」

小橙撇嘴：「剛才還好好的，怎麼我接個電話，表情就變了？看來男人也和女人一樣，瞬息萬變。」

蘇漾聽著小橙說的話，再想想她和林木森的對話，看著他離開的背影，若有所思。

顧熠有點恃才傲物，在圈內幾乎是人盡皆知。但是偏偏他名氣大，能力強，在圈內占有一席之地，人人都要給他幾分面子。

他當面嗆了劉旭的事，沒多久就透過招商的工作人員，傳進了肖總耳裡。肖總從小看著顧熠長大，雖然疼他，也不會由著他無法無天。

對於敲定方案的事，他也不表態，只模稜兩可地說：「你要真想幫那小丫頭，先把劉旭擺平了。」

以顧熠的個性，既然說了那樣的話，就不可能再回頭和劉旭談什麼，但是為了蘇漾，他居然又和劉旭約見面。

自他成名以後，幾乎不曾做過這樣的事。

顧熠約劉旭見面，劉旭還擺架子，約了兩三次才答應。劉旭拿翹成這樣，顧熠也沒跟他翻臉，林鋮鈞說這都是愛的力量。

獨自來到歌氏的大樓，正準備去搭電梯，卻看到有個熟悉的人影從電梯裡出來。

「你？」顧熠看著眼前的人，眉頭皺了皺，「你怎麼在這裡？」

林木森在歌氏看到顧熠，也是一樣詫異：「你不是也來這裡了？」

兩人互看一眼，都瞬間明白對方的目的。

顧熠是來歌氏說服劉旭的，很顯然，有人比他搶先一步。

而他們這麼做，都是為了同一個女人——蘇漾。

想到自己的所有物被人覬覦，但凡雄性動物都會生出幾分占有欲，摩羯座的顧熠尤甚。

顧熠微微瞇眼，掃了面前的男人一眼：「兄弟，有的女人，不該想就不要想。」

「是嗎？」林木森輕掃了顧熠一眼，眼神完全沒有示弱，微微抿唇笑說，「每天和她朝夕相處的人，是我。」

顧熠自然是不甘示弱，也微笑著說了一句：「沒關係，晚上和我在一起就行了。」

坐在劉旭的辦公室，沙發前的茶几上還有一個茶杯來不及收。

劉旭雖然擺了幾次架子，卻也不敢真的在顧熠面前托大，該有的招待沒有怠慢，說話的態度也很客氣。

兩人就方案聊了幾句，劉旭說了一些他的擔憂，倒是沒有之前那麼堅決了。顧熠就他的擔憂解釋了一下，他聽完點了點頭，沒有說好，也沒有說不好。

「我會好好考慮。」他說。

顧熠善於察言觀色，從他的眼神可以看出，因為多方的利益考量，他已經接受了這個方案，只是想為自己找個臺階下，所以說了「再考慮」。

想到最後的結果八九不離十，會如自己預期，顧熠也就放下心來。他看了一眼茶几上的茶杯，想到林木森，假裝隨口問了一句：「劉總剛才招待了客人？」

「嗯？」劉旭頓了一下，「也是你們事務所的，我老婆的學弟，七彎八拐地找上我，希望我重新考慮『未來過去城』的設計。」劉旭看了顧熠一眼，笑了笑，「你女朋友很執著，團隊也很團結。再加上顧工加持，我倒也沒什麼不放心的了。」

從歌氏大廈出來，顧熠剛把車開出地下停車場，肖總的電話就來了。

『你這小子，真的拉下臉去找劉旭了？』

顧熠笑笑：「肖叔的話，我怎麼敢不聽。」

『我隨口一說，試探試探你的。』

顧熠聽他心情大好，趕緊趁機說道：「那您的意思是，就定了？」

『這丫頭的設計方案爭議性大，又是女性設計師，之後怕是會引起很大的輿論。』

這個社會就是這樣，說是男女平等，但要是有什麼大型專案的總負責人是女性，一定會有一堆人雞蛋裡挑骨頭，對於女人做事，世人總覺得不信任，這對職場女性來說，確實是不公平。

「肖叔，這個專案我們最初說好要走情懷路線。她是女性，比一般男性設計師更細膩，她第一次接這麼大的專案，會比一般老成設計師更專注、更有熱忱。給她一次機會吧。」

電話那頭的肖總許久沒有說話，半晌，慈祥地笑了笑。

『顧熠，這個專案我全權交給你，你要負責到底，要是做壞了，可不是一杯姪媳婦的茶，就能讓我消氣。』

顧熠達成目的，淡淡一笑：「謝謝肖叔。」

蘇漾還不知道肖總已經同意了她的方案。

她坐在電腦前，還在檢查小橙發來的圖，動了很多細節，她怕小橙粗心出錯，所以都是自己親自檢查。

顧熠進她辦公室的時候，她已經因為盯電腦盯太久，有點昏沉，竟然連他的腳步聲都沒聽見。

顧熠隨手關了門，毛玻璃門將辦公室與外面隔絕開來。

他走到蘇漾桌前，敲了敲蘇漾的桌子。

蘇漾才終於發現他的存在。

「你怎麼過來了？」蘇漾的眼睛布滿血絲，工作壓力太大，她看起來有些疲憊。

「我跑了一天，妳不讓我坐一下？」

蘇漾辦公室裡沒有沙發，她看了顧熠一眼，只得自己從座位上起身：「你先坐我的椅子，我去拿折疊椅。」

她正要去拿折疊椅，顧熠又把她拉回來。

顧熠坐在蘇漾的旋轉椅上，毫不避諱地讓蘇漾坐在他身上。

大膽的舉動，嚇了蘇漾一跳。

「你瘋啦？這裡是事務所！」蘇漾可不想惹什麼亂七八糟的緋聞，她只想專注做設計。

顧熠的眼神脈脈含情，動作漫不經心，有一下沒一下地撥弄蘇漾的手，下巴在蘇漾的肩膀上摩挲。

「整個辦公區的人都看見我進來了，我們就算在裡面聊工作，他們也會以為我們在做些有的沒的，所以，倒不如真的做點什麼。」

蘇漾想想他說得有道理，便說：「那你來找我有什麼事？快說，說完回你辦公室去。」

「別急著趕我，」顧熠笑，「以後妳要面對的輿論壓力會更大。」

蘇漾皺眉：「為什麼？」

顧熠捏了捏她的小手：「『未來過去城』，確定了。」

蘇漾對這個結果太意外，有些不敢相信：「真的假的？！」

看蘇漾又驚又喜、呆呆傻傻的模樣，顧熠嘴角勾起一絲清淺的弧度：「所以妳打算怎麼謝我？」

蘇漾因為中選，整個人都有些懵了。

「你要我怎麼謝？」

顧熠輕佻地點了點自己的嘴唇。蘇漾明白他的意思，紅著臉拒絕：「我不是那種用美色賄賂的人。」

顧熠看她的表情，再看看她微微嘟起的櫻桃小嘴。

越看眸光越深，毫無預警地，他突然扳過她的臉，一低頭就吻了下去。

「那我只好用美色獎勵妳了。」

石媛來幫蘇漾搬家，一邊收拾一邊抱怨：「妳說妳，幹麼這麼矯情，還租什麼房子？」

蘇漾剛封好一個箱子，無奈地看著石媛笑了笑：「不租房子我住哪裡，我堂哥家在郊區，上班不方便。」

石媛白了蘇漾一眼，「少裝糊塗，」石媛眼睛往外瞄了瞄，「我是說搬去顧熠家，又省錢，還能增進感情。」

「我不想婚前同居。」

「都什麼年代了！」石媛忍不住說教，「這種事是水到渠成，妳抗拒什麼？都是成年人了，再說，妳不是說你們已經……」

石媛話還沒說完，就被蘇漾打斷，「我不是這個意思。」蘇漾把裝滿的箱子移到牆腳，又過來裝另一箱。說起這次要拆除老房子，以及後續的安排，她也有她的想法，「他是這個專案的設計總監，我是設計師，最近我們因為工作上的事，在事務所裡總有些爭執，感覺工作之外，彼此還是需要一些私人空間。」蘇漾解釋完，頓了幾秒，「我可能需要一些時間去適應，該怎麼和上司做情侶、做夫妻。」

石媛對於蘇漾的論調，十分嗤之以鼻：「妳就是把男女之間的事想得太複雜了，我覺得男女之間的大部分恩怨，都可以用肉體接觸來解決。」

「……妳贏了。」蘇漾終於敗下陣來。

石媛見蘇漾說不過她，又繼續道：「妳也別再折磨顧熠了，趕快結婚生孩子，顧熠也快五十了吧？不要以後他去開家長會，人家以為他是孩子的爺爺。」

石媛話音剛落，就聽見顧熠踏進門檻的聲音。他黑著臉站在石媛背後，聲音低沉幽怨：「……誰快五十了？」

石媛一回頭，看見顧熠，稍顯尷尬：「我只是在幫你說服這個傻孩子。」

蘇漾在一旁已經笑彎了腰：「妳從哪裡覺得他快五十了？哈哈哈哈，是因為長得老嗎？」

蘇漾說完，顧熠黑色更黑了，眸光幽幽落在石媛身上，也等著石媛解釋。

石媛訕訕一笑：「可能是因為我們小時候他就已經成名了，當初就一直覺得他比我們長一輩，如今我們快三十了，他不就……」

「哈哈哈哈哈！」蘇漾笑到趴下。

蘇漾回N城時間還不是很長，東西不多。只有家裡那些蘇爸爸設計製作的家具比較珍貴，於是顧熠找搬家公司幫她運到郊區的堂哥家。

顧熠黑著臉幫忙蘇漾搬家，蘇漾一看到他就忍俊不禁。顧熠忍無可忍地把蘇漾抓過來，按在車門上，惡狠狠地問：「好笑嗎？」

蘇漾誠實地點了點頭。

顧熠眉頭一蹙：「我看起來有那麼老？」

蘇漾踮起腳，假裝很認真地觀察顧熠，最後認真地說：「不像。」

顧熠冷哼，「我本來就沒那麼老。」他低眸冷冷睨了蘇漾一眼，「不過她有句話說對了，妳應該直接搬去我家，省得四處搬來搬去。」

「以後不准偷聽我們姐妹說話。」

顧熠「噢」了一聲，欲蓋彌彰地說：「石媛說話聲音很大。」

蘇漾挑眉，好心沒有揭穿他。

其實她說那些話的時候，已經透過玻璃門看見他進了院子。在此之前，包括她租房子，他都沒有多問一句，但是她看得出來，他並不高興她這個決定。

所以她想，他應該也想知道答案。

老宅正式拆除那天，蘇漾也在現場。

推土機抵達之前，蘇漾一步步在院子裡悠悠轉轉，用眼睛、用心去記憶這裡的一磚一瓦，每一寸的陳設，以及二十幾年的記憶。

顧熠悄無聲息地走到蘇漾身後，蘇漾看著他頎長的影子，一步一步向她的影子靠近。風帶著溼熱的夏天氣息，陽光雖然熾烈，但是落在庭院裡，帶著光影斑駁的藝術感。院中小樹修剪得整整齊齊，散發綠意蔥蘢的生機，灰瓦白牆的房子靜謐泰然地等待即將到來的一切，風骨傲然。

兩人一前一後走著，甚至沒有打招呼。

許久，顧熠問：「現在後悔了嗎？」

蘇漾回過頭，笑了笑，「說真的，心情挺複雜的。」她輕吸一口氣，滿懷期待，也感受到滿滿的責任，「但我堅信，我現在做的一切，能讓這塊土地新生。」

幾天下來，拆除工作很快完成，現場有條不紊，忙而不亂。

蘇漾戴著安全帽，和工人一起，親自收集老房子的磚瓦，一車一車地回收。材料「重生」，也是她設計的一部分。

她下定決心，會以另一種方式，延續爸爸的房子。

腦海中想起拆除第一天的畫面。

「哐咚——哐噹——」院牆隨著推土機的推進瞬間坍塌。

蘇漾在漫天灰土中，看著自己生活了二十幾年的家變成廢墟，眼眶還是忍不住紅了。

蘇漾也分不清自己此刻到底是何種情緒，五味雜陳。

顧熠站在她身邊，溫熱的手在她手邊摩挲著，最後滑進她的指縫，與她十指緊扣。

他說：「妳現在做的一切是否值得，我相信時間會給妳答案。」

東城改建專案的設計概念圖一經公開，立刻引起社會各界的關注。

古老的太極形狀，現代和仿古的獨特呼應，鋼構的「盒子」設計，能動的主建築，預鑄工法，一八八天工期……

這是一個處處有驚喜，每個細節都讓人驚豔的專案。

比起建築業界褒貶不一的聲音，一般大眾倒是充滿期待。

這座城市不斷「比高」的建築已經讓人厭倦，蘇漾充滿新意的設計讓人們眼睛一亮。

某報紙甚至做了調查，竟然有超過六成N城人，對東城新建的商圈表示期待。

這讓蘇漾的團隊又驚又喜，也讓所有Gamma的老牌設計師始料未及。

雖然事務所裡有些資深建築師會私下詬病蘇漾得到這次機會的方式，但是蘇漾告訴自己，專注設計，對其他的雜音能不聽就不聽。

隨著這個專案引發大眾關注，逐漸聲名大噪，民眾對於這個專案的設計師也好奇起來。於是Gamma公關部門，適時地發出了新聞稿。

蘇漾還灰頭土臉地站在工地，和林木森討論著建造方案，媒體已經悄然將她求學、沉靜幾年研究山水園林的經歷，寫成了各種採訪稿，發遍網路。

蘇漾因此一夕成名，成為網路上突然爆紅的「建築女神」。

不過，「建築女神」本人倒是一無所知。

約訪她一概不接。東城改建的專案還沒有完工，她一顆心都放在工地和工廠。

建築界比較權威的《築夢》雜誌因為找不到蘇漾，便仗著和顧熠的一點老交情，找上門來，顧熠這才知道蘇漾居然錯過了這麼好的「成名」機會。

顧熠去蘇漾辦公室找她，蘇漾剛從工地回來，一身運動服灰撲撲的，近來常去工地，整個人黑了很多，顧熠看著又好笑、又心疼。

「這麼熱，妳一直往工地跑什麼？不是有土建的盯著嗎？」

蘇漾倒了一杯冰水，咕嚕咕嚕喝下去，才有力氣和他說話：「顧工，幾年前，是你親自教我的，設計師也要注重實踐，經常去工地才能發現問題。」

蘇漾這幾年的成長，讓顧熠深刻明白一個道理，什麼叫搬石頭砸自己的腳，不知不覺間，他為自己培養了一個工作狂女友。

真是讓人無奈。

「《築夢》想採訪妳。」顧熠說，「以國內具權威性的雜誌來說，基本上新晉的設計師都是從《築夢》開始打知名度的。」

蘇漾的注意力已經放到電腦上了，她近來發現回收磚再利用還有一些問題亟待解決，現在滿腦子都是磚頭。

「還沒完工，哪有資格受訪，」蘇漾開著玩笑，「萬一最後建出來不好呢？等我真的有所成就，再接受採訪吧。」說到這裡，蘇漾想起一件事，「對了，新聞版面是公司買的？」

顧熠以為蘇漾不會問，沒想到她居然也注意到了。

顧熠看了蘇漾一眼，鄭重說道：「希望妳能離夢想更近一些。」

成名建築師說的話，才有更多人傾聽，提倡的理念，才有更多人追隨。

顧熠一路走來，如今作為頂尖設計師之一，他完全放棄了他的總監地位，將功勞都給了蘇漾。

蘇漾握著滑鼠的手緊了一些，許久，她用略帶哽咽的聲音說：「謝謝。」

顧熠鮮少看到蘇漾這麼真情流露。她是個脾氣倔強的女人，嘴硬得要命，顧熠付出了多少努力，才能走進她的心。

他淡淡一笑，雙手撐在蘇漾辦公桌前，痞痞一笑：「只是嘴上謝謝？」

石媛沒想到蘇漾居然會約她逛街。她接到電話的時候，還以為自己聽錯了，過了一下子才反應過來。

週末的N市步行街上人來人往，天氣越來越炎熱，也不能阻擋大家shopping的熱情。石媛怕熱，在太陽下走幾步就快融化了，小跑步衝進商場，站在空調出風口，回頭催促蘇漾：「大小姐，妳快點好嗎？到底是妳買還是我買啊？」

蘇漾背著小挎包追上石媛，兩人一起進了電梯，直奔女裝的樓層。

「說真的，妳打電話給我的時候，我還懷疑自己是不是聽錯了，妳居然要買衣服。」穿梭在品牌專櫃之間，石媛看了看蘇漾的打扮，嫌棄得要命，「在N市這麼一個大都會上班，妳卻一天比一天還土，不管什麼場合都是一身黑，整個人跟修女一樣，好歹是個女人，還在談戀愛呢，能不能有一點女人的樣子？妳這樣子，妳家顧熠對妳會有欲望嗎？」

蘇漾聽了，臉上微微一紅：「妳腦子裡除了下半身那點事，就沒有別的了嗎？」

石媛看蘇漾的表情，湊近她，撞了撞她的手臂：「怎麼，你們那方面不合啊？」

「什麼跟什麼？」

「這有什麼不好意思說的，」石媛八卦地挑了挑眉，「上次我送粽子去妳家，看見妳家陽臺上，可是晒著某人的襯衫呢。」

蘇漾瞪了石媛一眼：「他一個月也就那麼一天到我那裡住，偏偏被妳碰到。」

「一個月一次！」石媛被這個數字嚇傻了，「顧熠該不是『忍者』吧？」

「……」

他不是「忍者」，只是她太忙，抓不到她，只好忍著。蘇漾想到某人怨夫臉泣訴「妳很久沒有陪我了，是不是打算嫁給工作了」，就忍不住笑意。

石媛看到那次，還是顧熠從北都出差回來，太想她了，賴著不走，才讓他得手。

想到這些，蘇漾臉頰微紅，推了推石媛：「別說這些了，趕快幫我挑衣服。」

想想她這段時間確實太疏忽了，熬夜熬得黑眼圈暗沉，長了好幾顆痘痘，頭髮也因為沒空保養而分岔。

要不是林鋮鈞說她再這樣下去跟男人差不多，她都沒注意到自己形象變得這麼糟。

顧熠面對這樣的她，還能不離不棄，真的是真愛了啊。

石媛見蘇漾著急，眼珠子一轉：「妳突然要買衣服，是為了什麼啊？」

蘇漾有點不好意思，故作輕鬆地說：「好久沒約會了，就打扮一下。」

石媛聽到這裡，立刻心領神會。

「早說啊！既然要約會，那當然得買身好戰袍。」

說著，石媛拉著蘇漾去另一個商場的專櫃。

擠過擁擠的人群，蘇漾終於呼吸到新鮮空氣，一臉詫異：「什麼牌子還要走這麼遠？我可不買禮服，太厚了，很熱。」

石媛停下腳步，推了蘇漾一把：「去吧，這個牌子保證清涼，絕對適合約會，放心挑。」

蘇漾被石媛拉著跑了一段路，還有些暈頭轉向，一抬頭，品牌名稱驚得她虎軀一震——Victoria's Secret「維多利亞的祕密」。

第二十八章 預鑄工法

很久沒有逛街，蘇漾走得腳都瘦了，終於從頭到腳，全部更新完畢。

逛完街，兩人就近在商場一樓的咖啡廳點了咖啡和甜品，稍作休憩。

蘇漾成為新晉的「建築女神」，石媛自然要調侃一下。這死丫頭揶揄人的話張口就來，真不知該說她機智，還是說她討打。

石媛靠坐在沙發上，整個人很放鬆，眼眸微微看向窗外，一聲感嘆：「妳現在做了大專案，找了優秀的男人，完全成了人生贏家，我都有點趕不上妳了。」

蘇漾喝了一口金桔檸檬，覺得比一般手搖飲料店的難喝，她看著石媛，開玩笑道：「怎麼趕不上了？妳腿那麼長，沒多久就超過我了。」

石媛笑，也不氣餒，伸長了自己的腿，穿著窄裙的她，一雙白皙長腿伸到了走道上，自戀地摸了摸：「腿長一百八，不是開玩笑的。」

石媛正和蘇漾鬧著玩，身後傳來一個男人低沉的聲音：「麻煩，借過。」

石媛伸展著雙腿，下意識一回頭，看見那個男人，眸中閃過一絲驚訝，看他板著一張臉，身後還跟著一個白裙美女，吞了一口口水，什麼都沒說，趕緊把腿伸回來。

那男人緊皺著眉頭，一副很不好惹的樣子。整個人也有些粗糙，滿臉鬍碴，雙眼通紅，一看就是熬夜工作的狀態，要不是五官英俊，蘇漾甚至不會多看他一眼。

他和那個白裙美女坐在蘇漾後面的位置，弄得蘇漾和石媛都有些不自在。

服務員還沒送上菜單，那男人和白裙美女就吵了起來。聲音雖然不大，卻也能聽得清清楚楚。蘇漾和石媛本來還在聊自己的，後來不知不覺被他們的對話吸引。

女人說：「我們在一起兩年多，你說分手就分手？」

男人輕蔑一笑：「都要結婚了，妳還和前任打分手砲，不分手，難道要我原諒妳？」

女人理虧，聲音明顯小很多：「我錯了，那天我真的喝多了，只是一時糊塗，我和他分了那麼多年，我真的不知道當時怎麼了。」

面對女人的解釋和認錯，男人始終無動於衷。

「我們早該分了。」

女人見男人態度堅決，立刻換了嘴臉，「那好，你要補償我。」女人說，「我跟你同居這麼久，你也該賠償。」

男人彷彿聽了天大的笑話一樣，冷哼一聲，「妳當自己是雞，我他媽還不是凱子。」他笑了笑，極其不正經地說，「這麼說吧，妳也消費了我的肉體，你來我往，妳也要給我錢？」

「石坤！！算你狠！！」那女人見談判無果，拿著包包，起身就走，名牌包撞得桌子哐啷直響。

那女人走了，見她氣勢洶洶的背影，蘇漾和石媛無聲地對視一眼。

這免費的生活大戲。

服務員終於拿著菜單姍姍來遲，尷尬地詢問只剩一位的客人：「先生，點餐嗎？」

坐在蘇漾身後的男人聲音低沉粗嘎，鎮定回覆：「不用。」

說完，蘇漾聽見他起身窸窸窣窣的聲音。

他路過蘇漾，腳下生風，無預警地在石媛面前停下。

當著眾人的面，直接端起石媛面前的冷飲，咕嚕咕嚕，一飲而盡。

這突然其來的一幕，真是把蘇漾和石媛都嚇呆了。

喝完石媛的冷飲，他微笑著將空杯子放回石媛面前。

「把我當戲看，我收個門票。」他低頭看了石媛一眼，「味道有點酸。」

說完，也不等石媛回應，他瀟灑轉身，頭也不回地，走了……

咖啡廳的玻璃門被拉開又關上，門口的風鈴叮鈴鈴響了幾聲。

蘇漾終於從震驚中回神，一臉錯愕地問石媛：「妳認識？誰啊？」

石媛看著面前的空玻璃杯，裡面的紅茶不復存在，只剩下貼附在杯底的檸檬片，半晌，咬牙切齒地說：「就是上次撞我車的混蛋，一邊打電話一邊倒車的那個。」

蘇漾：「……這還真是冤家路窄？」

石媛：「氣死了，這人是不是神經病啊？」

蘇漾想想那男人的遭遇，同情地說：「算了，他頭頂一片綠，原諒他吧。」

石媛：「……」

日後蘇漾和顧熠聊起和石媛的這段奇遇，顧熠漫不經心地說了一句：「那男人應該是看上石媛了吧？」

蘇漾一臉震驚：「真的假的？！」

再後來，石媛突然帶著那男人來請蘇漾吃飯，說是要結婚了，蘇漾內心只有佩服，顧神算真是鐵口直斷啊。

當然，這些都是後話了。

週五，蘇漾和林木森一起去東城的工地，一切都進展得很順利，預鑄工法比傳統方式快了好幾倍，需要的工人也不多，就像樂高積木一樣，將工廠預製好的組件拼裝起來。因為備受矚目的緣故，大家都在等著專案竣工。蘇漾作為設計師，心情複雜，既緊張，又期待，擔憂也不少。

專案進展到後期，她需要跟進的事不多了，來找她做專案的公司倒是越來越多，下一個專案做什麼，對於新銳成名的女性建築師來說，尤為重要。

顧熠建議蘇漾選擇C城的博物館，他說這種中型公益性質公共建築最容易體現建築師的性格，是一個非常好的發揮機會。蘇漾還在考慮，想在決定前先出趟差，和對方見面聊聊。

在蘇漾猶豫不決之際，林木森向她拋來了一根橄欖枝。

兩人從東城的工地出來，林木森和蘇漾一起去取車，林木森問：「上次我和妳說的案子，妳考慮得如何？」

「我不知道我能不能做得來。」

「『兒童之家』雖然是民間公益組織，但還是做了不少事，他們那棟樓實在太舊了，在市中心，又不能拆除，政府只同意翻修和改建，還不准擴建，不准影響周圍的建築。」

「我知道。」蘇漾對這個案子始終沒有把握，「因為限制太多，不確定能不能做好。」

林木森輕嘆了一口氣：「這是我老師介紹的專案，如今N城，妳也算是最會省錢的建築師了，他們的預算嚴重不足，我覺得只有妳能擔此重任，我老師也希望能盡力說服妳。」

「你上次給我的資料我還沒看完，我先回去看一下。那棟樓太舊了，要看建築資料還要去檔案館找，比較費時。」

「我可以陪……」

林木森話未說完，蘇漾的手機就響了起來。

她對林木森做了個「稍等」的手勢，拿出手機，一看螢幕上來電顯示的名字，嘴脣微微一抿，接了起來。

「喂。」

『在哪裡？』電話那端的顧熠一貫言簡意賅。

「剛離開工地，下午不去事務所了，要直接回家，昨天為林鋮鈞改圖，一晚上沒睡。」

『嗯。』顧熠也在忙，『我晚上加班。』

這樣的對話已是見怪不怪，蘇漾聽顧熠說完，原本準備掛斷，腦中卻突然靈光一閃，想起之前和石媛一起逛街買的新衣，便問了一句：「你加班到幾點？」

『十點吧。』

「噢。」蘇漾眼珠子轉了轉，「知道了，加完班早點回去。」

『嗯。』

掛斷電話，蘇漾耳邊還依稀聽見顧熠低沉的聲音淺淺迴盪，半晌回過神，才想起林木森在旁邊，趕緊收斂表情，問他：「你剛才說可以什麼？」

林木森的目光在蘇漾身上掃了掃，最後禮貌地說：「我可以順便送妳回家。」

蘇漾笑著收起手機，一臉坦蕩：「那我就不客氣了。」

回家睡了兩三個小時，補充了一點精神。

蘇漾翻出化妝品，太久沒化，手都有點殘了，竟然花了一個小時。

微挑的眉毛，纖長的睫毛，性感的唇色。這大概是蘇漾一生中最接近女人的時刻。

因為工作太忙，她原本燙得比較捲的頭髮，已經有點變直，不知不覺，形成一種類似自然鬈的長髮。蘇漾把頭髮放下來，上面還帶著洗髮精的薰衣草香，稍微打理一下，倒是挺好看的。

換上了石媛強力推薦的黑色蕾絲內衣，穿上石媛強迫她買的V領無袖連身裙，蘇漾用力擠了擠事業線。

在鏡子前照了照，蘇漾確定自己完美無缺，才叫了輛計程車去事務所。

晚上九點多，整棟辦公大樓還有一部分樓層亮著燈，這座城市還有很多行業和建築業一樣經常加班。

蘇漾走進電梯，按下顧熠辦公室的樓層，拿卡刷開門禁。

辦公區已經沒人，走廊幽深安靜，只有顧熠辦公室還有燈光。

蘇漾抿了抿唇，踏著十公分高的高跟鞋，一步一步走向顧熠的辦公室。

「嘎吱——」蘇漾想也不想，直接推開顧熠辦公室的門。

「咳咳。」蘇漾假咳兩聲，想要引起辦公室裡的人的注意，沒想到一抬頭，完全被眼前的景象嚇呆了。

她只想著要給顧熠一個驚喜，他平時向來一個人加班，她也就忘了問。

如今他辦公室裡有四五個人，圍著一份圖紙在討論，本來專心致志，心無旁騖，結果蘇漾兩聲假咳，果然引起所有人的注意。

眾人一起抬頭，看向門口，一眼就看見一身性感著裝的蘇漾，搔首弄姿地靠在門上。

眾人看見這一幕，都是一副不知道眼睛該往哪看的尷尬表情。

蘇漾更是滿臉黑線。

辦公室裡安靜得掉根針都能聽見。

蘇漾覺得自己的心跳一下比一下加快，臉上也越來越紅，整個人尷尬得恨不得立刻來場地震兼土石流。

最後還是林鋮鈞忍無可忍的笑聲打破了這尷尬的沉默。

他收起桌上的圖紙，意味深長地說：「顧工佳人有約，也不早說，我們都是識相的人，不耽誤了。」

林鋮鈞一動，眾人都起身了。

蘇漾尷尬無比：「那個……我不是……」

林鉞鈞第一個走出辦公室，對蘇漾挑了挑眉：「這裙子好看，平時多穿穿，辦公室裡的士氣會更高。」

其餘的人自是不敢調侃未來老闆娘，轉而調侃顧熠：「顧工，注意身體。」

「顧工，春宵一刻值千金，我們就不當電燈泡了。」

「顧工厲害啊，蘇工絕對是我們 Gamma 的一枝花啊。」

「連顧熠都有性生活了，我他媽怎麼還是單身狗！」

大家你一言我一語，讓蘇漾羞得恨不得跪倒在地。

彷彿婚禮送賓一樣，蘇漾全程幾乎沒膽抬頭。

眾人終於走光了，顧熠最後一個出來。

「走吧。」

他面無表情，看著蘇漾的眼神也沒什麼異樣，完全沒有驚豔的意思。這讓蘇漾極不自在，也感覺十分挫敗，看來她真的不適合扮女人啊。

忍不住腹誹石媛。

出什麼鬼主意，還男人最愛黑色，愛個屁啊！

看看顧熠，完全無動於衷好嗎！

半個多小時後，顧熠將蘇漾送回她租住的房子。

蘇漾站在四壁如鏡的電梯裡，覺得自己滑稽得像個小丑。

蘇漾把頭髮往前梳，試圖遮住胸前春光，結果反而欲蓋彌彰。她不由尷尬地抓了抓頭髮。

顧熠倒是很紳士，在電梯裡也沒有什麼表示，只是目視前方。

到達家門口，蘇漾從包包裡拿出鑰匙，原本想邀請顧熠進去喝一杯，但是轉念一想，穿成這個樣子，還邀請他進屋，會不會顯得太放蕩？

她正在猶豫，顧熠已經不耐地催促：「快開門。」

蘇漾剛按完密碼，顧熠已經急切地推開門。

蘇漾瞪大眼睛，剛要回頭，一雙手已經從她腋下穿過，把她整個人抱進屋裡。

顧熠的力氣很大，動作急切得彷彿從未開過葷的毛頭小子。

溼熱的吻落在蘇漾後頸，彷彿急促的雨點。

他直接將蘇漾修身的黑裙往上一推，內裡撩人的黑色內衣附著在白皙耀眼的皮膚上，彷彿最要命的催情藥，讓顧熠的呼吸越來越急促。

他自背後將蘇漾緊緊抵在牆上，用壓抑又放縱的低啞聲音說道：

「這種不守婦道的衣服，只准在家裡穿。」

「喂……」蘇漾的臉半貼在牆面上，這種怪異的感覺讓她忍不住抗議，「這裡是玄關！」

顧熠對此毫無反應，只是用暗啞的聲音說：「從公司忍到現在，已經很久了。」

顧熠心急火燎地和蘇漾裙子上的拉鍊奮戰。蘇漾一般的連身裙，拉鍊都在背後，而這件低胸黑裙，拉鍊在左側。顧熠人笨手笨，拉了半天都拉不開。

他不氣餒，一隻手扯著拉鍊，另一隻手繞過蘇漾腰間，溫熱的手掌覆在她小腹上，整個胸膛貼著她。灼熱的身體緊貼在一起，讓兩人都出了一層薄汗。他的呼吸掃在她後頸，感覺非常癢，蘇漾忍不住縮了縮脖子。

好不容易拉開了拉鍊，不等蘇漾阻止，顧熠的手已經不規矩地鑽了進去。

無袖的深V領被扯到兩邊肩膀下，變成一字領，令人血脈賁張的蕾絲內衣也顯露出來。

「呼……」顧熠的呼吸因為視覺的刺激，變得更加渾濁，他把腦袋靠在蘇漾肩膀上，低聲說，「妳什麼時候學會這些勾引人的妖術？」

蘇漾被撩撥得有些情動，力氣漸失，呼吸越來越急促。她頭腦發熱地想要推開顧熠，還沒轉過身，他已經「嘶」一聲，把那修身的連身裙整個撕破。

溼熱的吻從後頸蔓延至後背，蘇漾輕吟出聲，她忸怩的抗拒，更似欲拒還迎，顧熠一把將她抱起，低著頭一語雙關地說：「今晚，我要好好收了妳這小妖精。」

蘇漾雙腳驟然離地，只能抱住顧熠的脖子。

蘇漾租的房子並不大，顧熠抱著她走了兩步，腳一踢，臥室門開了。來到床上，不等蘇漾翻身，他已經黏膩地自背後貼了上來。

殘破的連身裙被顧熠粗魯地扯下，卡在小腿上，蘇漾微屈著雙腿，那畫面，彷彿小美人魚的魚尾幻化成人腿的情景。

顧熠咬著蘇漾的嘴唇，胸衣的釦子解了兩下沒解開，他又準備撕開，蘇漾出聲阻止，「別撕……」蘇漾大口喘息，「這是我最貴的內衣……」

顧熠猛地一扯，把蘇漾最貴的內衣扯破了。

「我買給妳！」說著，他霸氣地扯開最後的束縛，直接扶著那纖細白皙的腰肢，從身後滑了進去。

兩人都因這驟然的接觸，發出滿足的低吟，彷彿有一根繩，牽動感官的神經，酥麻的感覺，從每一個毛孔散發到四肢百骸。

顧熠聽著蘇漾一聲一聲壓抑如抽噎的呻吟，更加凶狠地馳騁。

「我老嗎？」他灼燙的大手覆上她胸前的豐盈，粗喘著質問她。

床規律地晃動著，她的大腦幾乎一片空白，羞赧得眼睛都不敢睜開。

「……老……老當益壯……」

顧熠被她的回答氣到，直接一頂到底：「弄死妳算了。」

他氣急敗壞地說……

蘇漾沒見識過這麼粗魯的顧熠，或許男人在床上都有另一副面孔。她從裡到外穿了新衣服，還刻意化了很美的妝，但他卻心急火燎地直奔主題。連她精心準備的一整套服裝，都被他撕破了。

更可恨的是，他不知哪裡學來那些亂七八糟的姿勢，各種好奇的解鎖，把她當煎餅一樣，前後左右、翻來覆去地蹂躪。

等到一切結束之後，她累得連手指頭都不想動了。

以前聽石媛說，男人第一次都很快，顧熠倒是沒有，第一次也有近二十分鐘。所以第一次那種痛，蘇漾又比別人更痛了一些。

不過相比第一次不堪回首的劇痛，顧熠在這方面也是天賦驚人，進步神速。

顧熠似乎相當心滿意足，抱著蘇漾，還有力氣聊天。

「以後這什麼維他命，可以多買幾套。」

蘇漾皺眉，用睏倦的聲音說：「維多利亞的祕密，什麼維他命。」

「都差不多。」顧熠的聲音輕快，「有感覺就行。」

「神經病。」

顧熠壞笑，附在蘇漾耳邊：「難道妳沒感覺？」

蘇漾臉上一熱，啐他一口：「滾蛋。」

他立刻心曠神怡地笑了起來。

顧熠看了看時間，突然想起什麼，說道：「對了，後天我要去C城博物館的規劃地，一起去嗎？」

蘇漾靠在顧熠懷裡，眼睛都沒有睜開：「嗯，我想接『兒童之家』。」

顧熠微微皺眉：「林木森說的那個專案？」

「嗯。」

顧熠的聲音低沉而冷靜，已從激情中清醒過來：「為什麼？」

蘇漾終於睜開眼睛，手指有一下沒一下地在顧熠胸前畫圈：「他們更需要我。」

顧熠聽了蘇漾的答覆，微微抿唇，想了想說：「我不希望妳接那個專案，這種民間公益組織，水比我們想得還要深，尤其是經費吃緊的改建案，裡面腐敗也多，吃力不討好，攪和進去，妳會後悔。」

顧熠說的問題，蘇漾不是沒有想過，但是她大概了解過這個案子。兒童之家的建物已經很老了，不適合孩子們在裡面活動。經費吃緊，沒有建築師願意接，他們四處碰壁，最後才找上蘇漾，如果蘇漾不接，也許又要等許多年。

建物可以等待有緣人來修繕，但孩子們的童年卻不能等。

「我想為孩子們做點什麼。」蘇漾咬了咬下唇，「從我第一天當建築師起，我的每一個選擇，都不是為了成名。」

顧熠低頭看了蘇漾一眼，最後輕嘆了一口氣：「睡吧。」

兒童之家的專案，比蘇漾想像得還要棘手。

那是一棟夾在現代水泥叢林裡快要死去的老樹。

四周是造型各異的知名建築師作品，唯獨那一棟，又破又舊，牆面也已經變得灰黑，只是為了維持城市形象，會定期粉刷外牆，看起來不倫不類。

不可以拆除，不能爆破，不能擴建。要從內而外地改善，預算還那麼低，這真是把腦袋靈活的蘇漾都考倒了。

和林木森從兒童之家回來，兩人在小會議室裡討論原來的圖紙，林木森認真地為蘇漾講解結構和承重的情況，蘇漾用鉛筆在圖紙影本上做著筆記，忽然，會議室的門被推開了。

「林木森。」林鋮鈞毫不客氣地喊著自家表弟的名字，「我的圖呢？你怎麼回事？」

林木森頭也不抬：「我上次和你說了，再加一根柱子，你沒加，那就不弄了。」

「可以不加為什麼要加？加了不美觀。」

「大樓有問題我要去坐牢，為了你，不值得。」

林鋮鈞：「……」

不愉快的對話過後，林鋮鈞才注意到那個被林木森擋住大半的女人，竟然是蘇漾。

「蘇漾？妳也在啊？」

蘇漾咬著鉛筆：「嗯，正在開會。」

林鋮鈞看了看時間：「剛才顧熠還在找妳。」

蘇漾見林鋮鈞看錶，下意識地看了一眼手機，這才想起顧熠找她有事。

「他找我開會，我忘了。」她趕緊收好自己的東西，果斷起身，「那我先去一下。」

蘇漾起身，一身包裹得密不透風的長裙也現出全貌，林鋮鈞一看，嘖嘖撇嘴：「果然，那種福利，只發給顧熠。」

蘇漾見林鋮鈞的視線落在自己衣服上，瞬間聯想到昨天那尷尬的一幕，立刻臉紅得如煮熟的蝦子。

「我又不是刻意的，就隨便穿。」

「別狡辯了，」林鋮鈞自是不信蘇漾的鬼話，「嘖嘖，這麼熱，妳還把領子扣這麼高，可見昨天多激烈，怪不得顧熠今天過來，走路都有風啊。」

「咳咳。」蘇漾被林鋮鈞露骨的話弄得耳朵都紅了，趕緊收起自己的東西落逃，「不和你說了，我去開會。」

蘇漾路過林鉞鈞，他不懷好意地拍了拍她的肩膀：「年輕就是好啊！」

「呸！」

見蘇漾要走，林木森立即起身，叫住了她：「蘇漾。」

蘇漾應聲回頭：「嗯？」

林木森看了林鉞鈞一眼，又看看蘇漾，欲言又止。

他一身休閒穿著，近來經常陪蘇漾去工地，晒黑了不少，卻很神奇地，比他膚白的時候更好看，更有男人味。

他下巴蓄起了短短的鬍鬚，戒掉的菸又開始抽了，人比以前深沉了幾分。此刻他微微彎著身子，雙手撐在會議桌上，半晌說道：「那我們什麼時候繼續討論？」

「明天吧，今天我要回去好好想想。」蘇漾說，「這個專案比較棘手。」

「可以從材料上做文章，維持原狀修繕是最省錢的。」

「嗯，我考慮一下。」

「蘇漾。」

林木森又一聲輕喚。

「嗯？」

蘇漾以為他還有話說，側頭看著他。

他目不轉睛地盯著蘇漾，幾十秒過去，卻一句話都沒說。

「嘎吱——」會議室的門又被人推開。是小橙，她小心翼翼探頭進來，還沒說話，已經被身後的顧熠推開。

顧熠大步闖了進來，看見蘇漾還在會議室，再看看會議室裡的人，眉頭一皺。

「怎麼回事？不記得要開會？」

蘇漾已經習慣了顧熠這個工作和生活完全兩副面孔的雙面人，趕緊亦步亦趨地跟上去：「來了來了。」

顧熠看著蘇漾，又看看林鋮鈞，皺著眉說：「林工，你每天到處閒晃，這樣對嗎？」

林鋮鈞雖然平時是愛四處閒晃，但今天是真的有事才過來的，不由嗆了回去：「怎麼，連我找你女朋友，你都嫉妒啊？」

顧熠輕蔑地看了林鋮鈞一眼，一把將蘇漾往身後一扯，一副宣誓主權的樣子，然後目光若有似無地越過林鋮鈞，落在林木森身上。

林鋮鈞一副情場老手的表情，突然了悟地看著顧熠：「聽說……那方面不行的男人，都比較沒自信，就會加倍管著女人。」

林鋮鈞一句話，就把顧熠的臉說黑了，顧熠幽幽看了林鋮鈞一眼，陰惻惻地一笑：「我晚上要加班，找你開會。」

「今晚不行！」林鋮鈞說，「我有約！」

「我打電話給廖杉杉，告訴她你今晚實在太忙，抽不開身。」

「我約了半個月她才點頭。顧熠，你還是人嗎你……」

「我沒說過我是。」

走出會議室，想到林鋮鈞面色如土的樣子，蘇漾覺得十分有趣，忍不住掩嘴輕笑。

「我發現你抓林工痛處，抓得可真準。」

顧熠低頭看著手機，一邊走一邊說：「共事多年，他臉皮子彈都打不穿，弱點也就這麼一個，感謝廖杉杉。」

蘇漾笑，想起他的來意：「你怎麼找我找得那麼急？那個專案不是已經交給別人了嗎？」

顧熠的目光從手機上抬起，把郵件拿給蘇漾看：「我讓人按照妳的和之前的概念各做了一個方案，對方比較喜歡妳的，想找妳再多聊一點。」

蘇漾還以為顧熠是聽說她和林木森孤男寡女共處一室，就匆匆忙忙地趕來抓人，心想他吃醋吃到這個地步，也算是痴心一片。結果他居然真的是因為工作著急，便忍不住吐槽：「什麼全 Gamma 最厲害的組，以你為首，全是一群吸血蟲。」

「未來的老闆娘，也是給自己人吸了。」

「呸。」

顧熠和蘇漾已經離開會議室許久，他們離開的背影卻還揮之不去。一高一矮，一男一女，兩人聊著工作，旁若無人，氣氛那樣自然，彷彿誰也插不進去。

他們離開後，會議室的門再度關上。門邊的盆栽微微顫動著，孤寂而落寞。

林鋮鈞若有所思地看了一眼會議室的門，再回過頭看看自己的堂弟。他低著頭，無聲地收拾著桌上的東西。

林木森表現得越無所謂，舉止的細節越是透露出他內心真實的情緒。明明不可能，卻偏偏天天見面，偏偏是搭檔，偏偏總是有機會獨處。這種折磨，果非常人能承受。

林鋮鈞輕嘆了一口氣，緩慢說著：「嬸嬸打電話給我，要我勸勸你，多交些朋友，這個週末，她為你安排了一場相親，是個非常好的女孩，聽說也是學建築的，現在轉做工程了。」

林木森聽到這裡，手上的動作微微一滯。

「知道了。」他說，「我會去。」

第二十九章　清水模

蘇漾接下了「兒童之家」的案子，其實她也知道這是一個艱難的挑戰。即使她的團隊只做概念設計，林木森也給了許多幫助，但過程還是相當辛苦，讓她備感壓力。

小橙近來也被蘇漾逼得有些緊，一個圖檔做了好幾次，蘇漾還是不滿意。

「規劃設計裡要有總平面和經濟技術指標，立面圖，功能分區，交通組織，和最後的一點景觀設計。『兒童之家』的設計部分，模型照片，單體分析，造型意向，效果圖，技術圖紙，都要有一些文字解析。這是最基本的。」

蘇漾越說越暴躁，不想把負面情緒傳染給小橙，最後深吸一口氣：「妳先改，等一下發郵件給我。」

回到辦公室，顧熠正好撥視訊電話過來，蘇漾坐在辦公桌前，接通視訊，在顧熠面前，她不需要過多偽裝，疲憊地揉著太陽穴。

C城的博物館專案，蘇漾沒接，顧熠最後自己接了，同樣是公益性質的專案，博物館隸屬政府，又有大師崇拜，負責人對顧熠十分禮遇。

顧熠雖然出差在外，倒是比在N城更悠閒，經常有時間和蘇漾視訊聊天，竟有些熱戀中的感覺。

和他的狀態相比，蘇漾不算太好。

『是不是太棘手？』

蘇漾隨手將頭髮撥到耳後，有些低落地說：「感覺有些挫敗，原來我沒有那麼厲害，預算的問題很難解決。」

顧熠見蘇漾那麼糾結，卻笑了笑，毫無同情心：『我要妳來建博物館，妳不聽話。』

蘇漾被顧熠揶揄也沒有生氣，她很擔憂，怕自己做不好。她並不害怕面對挑戰，只是對當時林木森說的話很有感觸。一個民間公益組織，預算不足，別人都不敢接，最後才找上她，如果她也拒絕，最可憐的是那些孩子。

她很希望可以幫助他們，可是她發現自己能力有限，無能為力的感覺讓她很難受。

「我目前的改建方案已經降低了成本，但還是達不到他們的預期。他們很喜歡我的設計方案，但是建院那邊發來的預算表改動了我方案的材料，我不能妥協，我怕會有安全隱患。」蘇漾說，「我正在說服他們加一點預算，不行的話，只能向社會募捐。」

沒想到蘇漾的難題沒幾天就解決了，林木森出面說服了老師帶的團隊和兒童之家的負責人，他們決定增加預算。

蘇漾的心情立刻從谷底飛上了天，和顧熠打電話的時候，雀躍得如同一隻小鳥：「大家都以為『山水園林』就是山、水、植被，以為我會完全屏棄現代的元素。但是這次，我用了很現代的風格。我將外牆圈成一整面玻璃帷幕。兒童之家對面的樓房形狀很有趣，一個個投射在兒童之家的帷幕牆上，很奇特地形成一副童話般的景象，城堡一樣的仿古樓，一棵已成經典的古榕樹，藍色的天空，白色的雲……我去過那裡以後，就有了這個構想，我把那一面牆，變成了自然的畫紙。」蘇漾越說越激動，「不用拆除、不用爆破，只在外牆以玻璃建造保溫層，不是全封閉，而是一個一個的圓形玻璃串接，透氣，還解決了老舊建築的保暖問題。內裝的改造，全部按照功能分區，以解決孩子的實際需求為主。」

見蘇漾又恢復往日的神采奕奕，顧熠也很安慰：『甲方的意見呢？』

蘇漾自信地笑著：「他們自然是很喜歡。」

顧熠笑，語氣溫和：『東城改建馬上要竣工了，緊張嗎？』

蘇漾自然知道這件事，心裡又緊張又期待：「竣工的時候，你會回來嗎？」

『可能回不去。』顧熠頓了頓，『但我相信妳能應對那些媒體。蘇漾，要記住，妳是唯一的主角，不要怕。』

「未來過去城」的竣工儀式舉行當天，顧熠還在C城和專案組開會。

竣工儀式為了造勢，邀請了很多媒體來採訪，有報紙、雜誌，也有網媒。

在那麼多人的質疑下，「未來過去城」一八八天準時竣工，這已是最大的噱頭。

傳統儀式過後，主持人率先走上臺。他一個一個介紹專案組與到場的合作方。負責竣工致詞的，是萬世的肖總。

他已經習慣了這樣的場面，拿著一張小抄就上臺了，侃侃而談，舉止得體。蘇漾坐在第一排，十分緊張，手指一直捏著自己的西裝長褲。

繁瑣的流程之後，蘇漾和肖總，還有幾個主要的合作公司負責人，一起上臺，進行正式的竣工揭碑儀式。

蘇漾作為設計師，被他們推到最中間。

紅布揭開，訂製的水晶碑「未來過去城」幾個字在臺上閃閃發光，蘇漾看著那幾個字，一時情緒激動，感懷萬千。

揭碑儀式後，主持人走到蘇漾身邊，準備進行採訪。

這是最初說好的環節，主持人也提前把問題清單寄給了蘇漾。

蘇漾第一次以總設計師的身分參與竣工儀式，即便事先準備好所有的答案還是十分緊張。好在她口條還算不錯，順利完成採訪。

主持人的採訪結束後，接著開放媒體提問。比起主持人的溫柔，媒體倒是犀利許多，蘇漾起先還有些緊張，後來越來越對答如流，應對自如。

看著眼前一架架攝影機，一支支麥克風，蘇漾內心只有一個想法：不要丟顧熠、丟Gamma的臉。

最後一個問題，一個女記者站起來，很犀利地問：「坊間傳聞，妳是因為男朋友的關係，才拿到這個專案，妳怎麼看待這件事？」

那個女記者話音一落，現場眾人都倒抽了一口氣。

主持人有些尷尬地拿起麥克風，剛要說話，蘇漾已經不疾不徐地開始回答。

「有人議論我，因為和顧熠的關係，靠後門拿到專案的設計權，說這是女人的特權；也有媒體嘲笑我，說這個世界上知名建築師多是男性，我應該安分守己；我想，可能連我們的事務所也有很多人不理解吧？可是偏偏又很怕顧熠，所以什麼都不敢說。」蘇漾說完這些，突然很無厘頭地笑了一聲。

「在成為這個專案的設計師之前，我們事務所內部進行了概念PK，我一步步廝殺上來。得到設計權的時候，顧熠對我說，因為我和他的情侶關係，我一定會比一般人受到更多質疑，要我做好心理準備。」蘇漾頓了頓，「後來消息公布出去，那些負面評價都是顧熠親自讀給我聽的。說真的，他挺沒人性的，害我有一陣子心理壓力很大。不過，好在他這種沒人性的折磨方式，讓我挺過了輿論轟炸。

「感謝我的團隊，他們很辛苦，今天我只是站在這裡替他們發言；感謝甲方負責人，雖然改圖很痛苦，但還是感謝他們的信任。」蘇漾說，「我今天站在這裡，你們來到這裡，一起為這個專案竣工而慶祝。我想，這已經向所有質疑我的人證明了一件事——我，蘇漾，是憑實力成為這個專案的設計師！」

訪問結束後，蘇漾懷裡抱著團隊送的鮮花走下典禮臺。

劉藝主動走過來擁抱蘇漾，他笑瞇瞇地說，「妳是一個很棒的對手。」接著又微微挑眉，「但我希望以後不用再和妳ＰＫ，我不想和老闆娘打擂臺。」

蘇漾笑著，尚司那個明哲保身、不愛選邊站的女性負責人也走了過來，和劉藝一樣抱了抱蘇漾：「加油。」

走在一旁的肖總對蘇漾的態度十分慈祥，由衷地說：「做得很棒，感謝妳。」

最後一個從臺上下來，走到蘇漾身邊的，是對女性有些歧視，曾和蘇漾發生衝突的歌氏劉旭。

他有些彆扭地繞過眾人，從旁邊轉了一圈，最後又走到蘇漾面前。

蘇漾對他的駐足有些意外，抬頭看看他。

許久，他向蘇漾伸出右手，蘇漾看了一眼他伸過來的手，遲疑了幾秒，最後單手抱花，把右手空出來，和劉旭握了握。

劉旭動了動嘴唇，說道：「我覺得我該向妳道歉，我居然曾經否決了這麼棒的設計。」

也不知道為什麼，他極其彆扭的誇獎，竟然比所有人對蘇漾的肯定，更讓蘇漾心潮澎湃。

蘇漾激動地動了動嘴唇，千言萬語到了嘴邊，最後只化作一句：「沒關係。」

竣工儀式結束後，小橙提議要去聚餐，蘇漾一向合群，自然要參加。

「我去換雙鞋。」蘇漾坐 Gamma 包的巴士來的，平底鞋放在車上。

抱著別人送的花，走在還未開始營業的「未來過去城」，真真切切感受到自己腦海裡的想法化為現實，心中澎湃不已。

走向路邊的白色中型巴士，附近居然一個人都沒有，蘇漾想，這幫憋很久的同事，怕是要玩瘋了。

巴士的司機不在，也不知道車上有沒有人，蘇漾四下看了幾眼，眉頭皺了皺。

蘇漾不太喜歡穿高跟鞋，踏著高跟上了車，手剛扶上把手，一束紅色玫瑰就映入眼簾。

蘇漾一抬頭，捧著花的男人，一臉春風和煦的笑意。

蘇漾接過那一大束玫瑰，紅豔欲滴的顏色，馥郁撲鼻的香氣，讓她的眼眶瞬間就紅了。

「不是說回不來嗎？」蘇漾抱著一大束花，口氣帶著幾分嬌嗔。

怪不得車裡一個人都沒有，連司機都不在，原來是因為某人在這裡等她。

顧熠原本確實在開會，但是提前離開了，趕最近的班機飛回N城。嘴裡說對蘇漾有信心，心裡卻還是放心不下。

看著蘇漾眼眶泛紅，水光閃閃，顧熠心疼不已：「哭什麼？我不是回來了嗎？」

蘇漾抬頭看了顧熠一眼，眼光突然一閃，一把將花束丟開，雙臂一展，勾住顧熠的脖頸。

顧熠沒想到蘇漾會撲上來，下意識地抱住她的後背，她雙手圈住他，踮起腳，捧著他的臉就吻了起來。

蘇漾像隻小狗，舔著顧熠的嘴唇，顧熠受不了這樣廝磨，雙臂一收，將她緊緊收進懷中，很快掌握主導權。

脣齒相接，交纏的氣息帶著淡淡的薄荷香氣，他的舌頭追逐著蘇漾，她的呼吸全部被他奪走，只能跟著他的節奏。

許久，他才捨得把她放開。

蘇漾緊緊抱著顧熠，整張臉都埋在顧熠胸前，不讓顧熠看她此刻的表情。

唯一露出來的，只有她那一雙紅彤彤的耳朵。

「其實，今天我真的很想哭。」蘇漾埋在顧熠胸口，聲音低低的，「熬了這麼久，終於被大家認可，簡直像做夢一樣。」

顧熠的手一下一下撫摸著蘇漾的後背，無聲地安慰著她。

「謝謝你，顧熠。」蘇漾的聲音帶著哭腔，「所有的一切，都謝謝你。」

顧熠很少見到這麼多愁善感的蘇漾，她在職場上表現出的堅強，和一般的女性很不一樣。可是此刻，顧熠卻很慶幸，她能在他面前表現出最真實的情緒。

這至少證明了，他在她心裡，是不一樣的那個人。

顧熠摸了摸蘇漾的腦袋，撥動柔軟的髮絲。

顧熠這次去C城，待了有一個多月，兩人其實久未見面，彼此還是很想念，只是兩人都屬於比較克制的類型。

看著她頭頂的髮旋，顧熠調侃地說：「比起言語的感謝，我更喜歡行動上的表示。」

蘇漾沒有抬頭，雙手伸向顧熠的腰，緊緊抱著他，低聲說：「今天可以去你家。」

顧熠原本只是隨口逗弄蘇漾，卻不想這丫頭居然認真地接了下去，忍不住身體一僵。

「……妳剛才說什麼？」

蘇漾突然一轉身，抱起方才被她丟開的花，以後腦杓回答顧熠：「沒聽見就算了。」

回到N城一年，蘇漾過得平靜而充實，做設計、考資格，她以驚人的毅力，完成了別人

三、五年，甚至十年才能做到的事。

這一年裡，她做了三個專案，很快在人才濟濟的N城，乃至全國，找到了屬於她的位置。這個位置不大，但足以讓她在當代青年建築師的名單上，寫下自己的名字。

業界很多人漸漸把蘇漾和顧熠、曹子崢這些三十歲以前成名的建築師放在一起比較。有人說她是女性建築師裡的天才，可是只有她自己知道，所謂的「天才」，背後其實是比一般人加倍的努力。

比起很多人小有名氣之後自我膨脹，蘇漾倒是顯得冷靜很多。

雖然現在找她做設計的公司很多，但她總是很謹慎地選擇案子。她在事業上，還是追求著自己的理想，帶著團隊努力競標有意義的專案，能讓她們發揮才能的專案。

這一年，建築類的實境秀比以前多了許多，蘇漾因為年輕，再加上偶像氣質的外形，以及和顧熠的關係，收到許多節目的邀請，但她從來沒有接受，只是專注於設計。

很多人覺得蘇漾是個怪人，因為她競標的專案都是國際性的，一般來說，建築師會去競標，就是為了拿下設計權揚名立萬，而她既然去競標，代表她也有成名的野心，對吧？可是偏偏她又拒絕各種採訪、實境秀、節目訪談等快速成名的管道。沒有人知道她內心到底是怎麼想的。

做完了手上的工作，和蘇漾討論完方案，小橙沒有急著離開蘇漾的辦公室，而是有些孩子氣地拉著蘇漾聊天。

小橙很喜歡蘇漾，因為蘇漾幾乎沒有什麼主管的架子。

小橙雙手托腮，專注地打量蘇漾，一年過去，她外形上改變很多。

原本微鬈的長髮剪得很短，看起來年輕好幾歲，再加上她經常去工地、現場，長年休閒裝加平底鞋，很多只聞其名不識其人的甲方，都以為她是Gamma的實習生。

「蘇工，妳為什麼剪頭髮啊？」小橙微微偏頭，「是不是短髮比較像職業女強人？」

蘇漾盯著電腦，檢查圖稿，頭也不抬。

「洗完頭，長髮要吹十五分鐘，短髮五分鐘，能多睡十分鐘。」

「……」蘇漾剪短髮也有一段時間了，小橙怎麼也想不到，她剪頭髮的理由居然這麼「隨意」。

「對了，上次那個馬編導又打電話給我了，關於那個採訪的事，還是拒絕嗎？顧工希望妳去一下。」

「沒時間。」蘇漾的表情平靜，聲音溫和，「妳也知道，慶城森林獲獎以後，我們要去慶城很長一段時間。」

說起「慶城森林」獲獎，小橙也有些激動：「我這輩子都想不到，我進公司不過一年，居然能跟著做這麼大的專案，蘇工，妳真是我命裡的貴人。」

慶城的地標建築舉辦公開競賽，範圍涵蓋全亞洲，規模和預算都很浩大，吸引了許多知名建築師的注意。與來自全亞洲一百三十多個建築師的作品競爭，蘇漾的設計構想其實在預選階段就遭到淘汰。但是這次的競賽，邀請了現代建築大師萊伊拉．迪德擔任評委，身為普立茲克建築獎得主，她看上了蘇漾的作品，被她溫暖的建築理念和獨特融入自然的設計打動，硬是支持蘇漾的作品，讓她的設計從預選走到了最後階段。

萊伊拉．迪德是顧熠的老師，剛得知自己獲獎的時候，蘇漾甚至懷疑是顧熠在背後幫了她一把。

直到在頒獎典禮上見到萊伊拉．迪德，她與蘇漾握手，還讚美蘇漾的設計。她說，「上一次能打動我的華裔設計師，是我的學生顧熠。」不等蘇漾回話，她便無奈地一笑，用調侃的語氣說，「可惜我們之間出現一些分歧，大概這輩子都不可能和解了。」

顧熠回國後，從來沒有用過萊伊拉．迪德的招牌，而萊伊拉．迪德也沒有再指導過顧熠。業界謠傳是顧熠自立門戶惹惱了萊伊拉．迪德，也有人說是因為萊伊拉．迪德過度打壓顧熠，導致他離開。總之眾說紛紜，不知道哪一個才是真的。

蘇漾唯一能確定的是，這對師徒相互之間真摯的評價，坦蕩如君子。不管他們發生過怎樣的恩怨，也從來不會背後抹黑。

顧熠從心裡尊重萊伊拉．迪德；萊伊拉．迪德從心裡愛惜顧熠的才華。

蘇漾握著萊伊拉．迪德的手，很動容地回答：「顧熠現在很好，是他成就了今天的我。」

看著蘇漾淡然的面容，小橙問：「蘇工，為什麼妳不接受採訪？」

蘇漾的眼睛從電腦螢幕上移開，看了看小橙，很認真地回答：「不想太有名。」

「為什麼？」

「我現在的生活不好嗎？」蘇漾笑了笑，「低調且奢華，悶聲發大財，完美。」

小橙上下打量蘇漾，她身上最貴的也就那只積家手錶，還是顧熠送的。在N城沒買房，沒買車，也不知道哪裡發了大財。

「蘇工，有時候我真的覺得，妳是個很古怪的人。」小橙放下托腮的手，收起桌上散落的資料夾，起身出去。

「我很久以前聽過一句話，這個世界上所有偉大的人，多半都很古怪。」

對於小橙的話，蘇漾沒有放在心上。

如果欲望太大，想得太多，做任何事都不會純粹。

目光重新回到電腦螢幕上，「慶城森林」這個專案，才是她現在的全部。

滑鼠滑動，發出輕微的喀喀聲音，蘇漾看著軟體裡的資料，調整細節。

就在這個時候，辦公室的門突然被人「砰」一聲推開。

蘇漾靈感泉湧，驟然被打斷，自然有些不爽，蹙著眉，抬頭看向闖進來的冒失鬼。

林木森的衣服都亂了，一臉失去血色的慘白，眼睛睜得大大的。

看他那明顯不對勁的表情，蘇漾意識到，事情沒那麼簡單。

「怎麼了？」蘇漾問。

林木森劍眉緊蹙，一臉慌亂又擔憂的表情。

他嘴唇略微有些乾裂，說話的時候，扯動乾涸的嘴唇，一字一頓。

「蘇漾，出事了。」

得知蘇漾出事的時候，顧熠正從C城坐飛機回到N城。

剛出機場，一打開手機，電話就一個接一個地進來。

這是一個資訊社會，所有的突發事件，傳播的速度都比人們想像的更快。

剛剛改建完成的「兒童之家」，啟用至今不過半個多月的時間，已經發生三起玻璃掉落事故。前兩次是在夜間掉落，沒有砸到人，消息被「兒童之家」壓了下來。這次是在風和日麗的中午，一塊圓形玻璃掉落下來，砸到了路過的行人，造成一名中年男子重傷，至今還在搶救，尚未脫離危險。

整個過程都被監視攝影機拍下，曝光之後，「兒童之家」建築品質有問題的新聞，立刻成為網路頭條。

林鋮鈞在電話裡著急地對顧熠說：『你先不要回來，我想公司馬上就會被媒體包圍。』

「為什麼？」

『當初兒童之家為了得到更多關注，獲得更多捐款，把蘇漾也放上了宣傳稿，現在所有人都知道這個專案是新銳設計師蘇漾的作品。』林鋮鈞輕嘆一口氣，有些擔憂，『她還很年輕，不知道會不會受到影響。』

N城今年擴建機場，好多條路都封了。顧熠越是心急如焚，越是遇到塞車。等他到達Gamma的時候，果然樓下已如林鋮鈞預期，被媒體圍得水洩不通，他們守在辦公大樓的各個出口，隨時準備堵人。

看到顧熠出現，等在停車場的幾家媒體瞬間興奮起來。根本不管顧熠想不想接受採訪，記者已經舉著長槍短砲團團將顧熠圍住。

「請問您對Gamma設計師的作品，掉落玻璃砸傷路人怎麼看？」

「聽說傷者家屬計畫向你們幾家公司索賠，請問您怎麼看？」

「『兒童之家』剛啟用就出問題，是不是代表蘇漾的設計本身就有缺陷？」

「網路上都在討論您力推女性設計師蘇漾，是因為她是您的女朋友，請問您這樣是否對其他設計師不公平？」

「有人爆料蘇漾的設計借鑑了墨爾本某大學生的作品，請問是真的嗎？」

「是不是女人真的不適合做建築設計這種比較嚴謹的工作？」

聽著越來越離譜的各種問題和陰暗至極的揣測，看著幾乎要塞進自己嘴裡的麥克風，顧熠只覺得鬱悶至極。

蘇漾的進步，這麼多年，他全部看在眼裡，比起其他設計師走紅之後迷失自我，她的踏實甚至打動了事務所裡那些挑剔的老油條。

女人在這個業界想要獲得一席之地，要付出的努力遠遠超過男人。

不管是公眾，還是甲方，對男人工作能力的信任都遠超過對女人。

正因為看到她所有的不容易，顧熠才心疼她被這些完全不懂建築設計的人惡意揣測。

「請問蘇漾現在是不是在事務所？」

「聽說她正在設計『慶城森林』，請問她是不是真的有實力設計那麼大的專案？」

「您急著趕回來，是為了處理公關危機嗎？」

「請問您這次會力保蘇漾嗎？聽說他是您的女朋友？您是否因為私心才讓能力不夠的建築師獨自上陣？」

「顧大建築師，請回答我們的問題好嗎？」

步步進逼的問題，蜂擁擠動的人群。腦中彷彿有一根緊繃的弦，在此刻的高壓下，應聲斷裂。

顧熠緊皺著眉頭，無聲地來回掃視眼前冰冷的面孔，眼中閃過一絲冷漠。

這些不依不饒的記者，有一些甚至之前還跟風，想要採訪蘇漾。可是這起事件一爆發，槍口立刻調轉。

這就是現實。

在電話裡，林鋮鈞勸顧熠不要回Gamma，他和蘇漾的關係敏感，要是他親自處理，不僅幫不到蘇漾，反而更引發人們質疑，為蘇漾帶來麻煩。

但他還是要回來。

林鋮鈞為了大局著想，對他的感情用事很生氣。

他質問顧熠：『你這時候回來，又能幹什麼？』

顧熠認真回答了三個字。

「抱抱她。」

看著眼前混亂的景象，面對記者犀利的提問，顧熠只冷冷吐出兩個字。

「滾開。」

第三十章　家

說真的，蘇漾在聽林木森說明情況之後，整個人都傻了。

沒有看到事發經過，畫質不佳的監視錄影看起來怵目驚心，網路上各式各樣的評價如同潮水湧來。有人罵蘇漾，有人罵施工單位。因為大樓掉落玻璃，也引發大眾對於建築使用玻璃帷幕的激烈討論。對於公共安全來說，這也是極其負面的事件。

蘇漾沒想到，有一天，她的設計居然會以這種方式「出名」。

在事務所同事的建議下，顧熠帶著蘇漾走消防通道。從二十幾樓往下走，沒有窗戶的密閉樓梯間，每一步都能聽見回聲，以及因為疲憊急促喘息的聲音。

剛才在辦公室裡，所有設計師和助理幾乎都擠到蘇漾的辦公室。大家你一言我一語地出主意，沒有一個人落井下石，也沒有人幸災樂禍，大家都是真的關心和愛護蘇漾，一心只想保護她。

可是蘇漾的腦子裡，依舊是一片空白。

她低著頭，麻木地跟著顧熠下樓，嘴裡仍碎念著：「怎麼會這樣？中間那麼多道程序，就算我的設計不行，林木森是最好的結構技師，他怎麼可能不提出來？就算他也出錯，後面還有其他人審圖，怎麼可能？怎麼可能？」

蘇漾一遍遍呢喃著不可能，可事情就是發生了，到底是哪個環節出了問題，她真的百思不解。

即使他們十分小心翼翼，還是被有心蹲守的記者逮個正著。

蘇漾下意識地抬起頭，閃光燈刺得她幾乎看不清面前的人。攝影機、照相機幾乎要貼到蘇漾臉上，麥克風甚至快砸到她的頭。她一個普通的建築師，居然像明星一樣，被記者重重包圍。

不管是以前跟著曹子崢，還是如今跟著顧熠，她都不曾「享受」過這等待遇。記者們的提問尖銳刺耳，問題太多，問得也太快，蘇漾來不及思考，也根本不知道該先回答哪一個。

天旋地轉，眼前忽明忽暗，她好像一個手無寸鐵的小兵，突然被丟入全副武裝的戰場。敵軍都騎著高壯的戰馬，伸著長長的刺刀對著她，她赤手空拳，還要與人搏命。除了無助，還是無助。

「蘇大設計師，妳有在聽嗎？妳現在是要去醫院看傷者嗎？」

「聽說那位無辜的路人至今沒有脫離危險，能回應一下這件事嗎？」

「夠了！」

蘇漾耳邊傳來顧熠憤怒至極的聲音。

一向沉默守禮的顧熠，看著那些長槍短砲這麼伸過來，眼中幾乎要冒出火花。他一把將蘇漾抱進懷裡，以寬大的手掌遮住蘇漾的眼睛，不讓攝影機拍攝她茫然無助的表情。

「抱緊我。」他低聲對蘇漾說。

蘇漾腦中亂成一團，像機器人一樣聽從顧熠的安排，抬手抱住顧熠的腰。

顧熠抱著蘇漾奮力衝出重圍，任憑別人怎麼騷擾，一句話都不說，徑直走出消防通道。

林鋮鈞早把車開到大廈側面的小路，顧熠打開車門，根本不給蘇漾任何反應的機會，直接把蘇漾塞進去。

面對不依不饒的記者，顧熠只冷著一張臉，對跟得最近的記者說：「我警告你，不要再跟著我。她的身分，除了是建築師，還是我的女朋友。作為她的上司，我不應該在真相不明的時候替她辯白，但是作為她的男朋友，我應該揍你。」

林鋮鈞開車技術高超，可以去比F1賽車了，在N城複雜的路況中穿梭，很快就甩開了尾隨的車輛。

放緩速度，林鋮鈞將車駛入正常的車流。

這一路上，蘇漾都沒有說一句話。

「吃飯了嗎？」林鋮鈞從後照鏡看了看顧熠和蘇漾，故意用很輕鬆的語氣說，「我知道非常多好吃的餐廳。」

蘇漾直挺挺地坐著，雙手緊緊握在一起，指節因為用力過度而泛白。

她頭也沒抬，只是盯著自己的膝蓋：「我想回家。」

送蘇漾到家，蘇漾什麼都沒說，直接進了公寓。顧熠送林鋮鈞下樓，林鋮鈞擔憂地抿了抿唇，語重心長地說：「好好勸勸她。」

「公關的人怎麼說？」

「對方是民間公益機構，他們的公關能力比我們強太多，事情一發生，網路上第一時間就有人帶風向了。」

「稍微懂一點的人就應該很清楚，建築出問題，是建築師出問題的可能性很低，要經過那麼多道程序，要是有問題，早就發現了。」

「大部分人一點都不懂。」林鋮鈞嘆息，「很明顯，現在就是對方要蘇漾背鍋。」

顧熠皺眉：「是原建築太老舊不堪承力，還是建材出問題？」

「現在什麼都不知道。」

回到蘇漾的公寓，顧熠在廚房裡找了找，家裡竟然除了泡麵，沒有一點新鮮的食材。在事務所裡吃員工餐廳，在家裡吃外賣和泡麵。一年接三個專案，全是低預算、工期短的案子。她平均一週要熬夜一兩次，太忙碌了，根本無暇照顧自己。別說精緻生活，她連正常生活都沒得過。她在夢想的路上奔跑，完全拚命三娘的架勢。

顧熠雖捨不得她辛苦，卻也明白，這個行業就是這樣，他自己也是這麼過來的。

在蘇漾家的廚房轉了轉，看來看去，最後拿出鍋子，煮了一鍋泡麵。

顧熠去叫蘇漾，雖然她人出來了，卻是一副失魂落魄的樣子，拿著筷子，什麼都吃不下。

顧熠看她那副樣子，覺得心疼極了。

「放個假吧。」顧熠說，「妳最近太累了。」

「慶城森林的專案，我必須親自跟進，不然不能按時開工。」蘇漾低頭看著桌面，過了一下說，「我想去醫院看看傷者，還想去兒童之家了解一下情況。」

顧熠想到林鉞鈞的話，婉言勸道：「現在不是時機，不要把事情弄複雜。」

「真的是我的設計出問題嗎？」蘇漾對於這個答案十分執著，「發生這麼嚴重的事，我以後還能做建築師嗎？」

「別想了，先吃東西，這只是一份工作。」顧熠皺眉，定定看著蘇漾，「就算妳從此一無所有了，妳還有我。」

蘇漾腦子一團亂，從前她也聽說過建築師的設計事故，卻沒想到有一天會發生在自己身上，直到現在，她依舊手腳冰涼。

她抬起頭，臉色慘白。說話的時候，嘴唇都在顫抖。

「顧熠，到這一刻，我才發現，原來我這麼害怕不能再做建築設計。」蘇漾說著說著，眼眶便紅了，「我喜歡被人喊蘇工，這是我的名字啊。」

蘇漾無助的眼神刺痛了顧熠的內心，胸口積蓄了一口難以傾吐的氣。

「別怕，」他伸手抓住蘇漾的手，篤定地說，「不管發生什麼事，我們一起面對。」

⌂

網路上的流言蜚語，蘇漾不敢搜尋也不敢看，她害怕受到影響。最近她的手機也用不了了，一直有記者打過來想要採訪，她知道這些人不關心真相，只想要一個爆點，她沒有興趣，也不知道能和他們說什麼。

短暫放了兩天假後，她又繼續進行「慶城森林」的設計專案。這個案子參與的人眾多，財政部門親自撥款，算是至關重要。

慶城森林的專案要開會，顧熠擔心蘇漾，不贊成蘇漾這時候離開他，畢竟他在業界說話還是有分量的，能替蘇漾抵擋不少風雨，但她還是帶著小橙，離開N城，去慶城開會。在她看來，「慶城森林」是她目前唯一的救命稻草，是讓她翻身、證明自己的機會。

出發當天小橙有點事耽誤了，臨時改的班機又誤點，蘇漾和小橙趕到的時候，整個會議室裡已經坐滿了人，所有人都等著蘇漾風塵僕僕地從機場趕來。

蘇漾跟顧熠在一起久了，很多習慣都改了，太久沒遲到，忽然讓人等，覺得挺抱歉的。

「對不起，各位，今天遇到一點事，來晚了。」蘇漾解釋道。

眾人對於她的道歉，並沒有表現出正常的寬容，而是一副看好戲的樣子。

在一片竊竊私語聲中，有個自以為幽默的男人，大剌剌靠著旋轉椅，戲謔地笑道：「我知道蘇工為什麼遲到，肯定是去撿玻璃了，聽說掉得滿地都是。」

他的話音一落，現場幾乎所有人都笑了起來。

小橙年輕氣盛，見蘇漾被人揶揄，一時氣不過，突然一拍桌子站了起來，張嘴就要嗆那個男人，卻被蘇漾攔了下來。

蘇漾看著眾人冷漠諷笑的表情，內心只覺世事涼薄。

她想，顧熠大概就是擔心會發生這樣的場面。她年輕，資歷淺，卻藉由競賽得到設計權，在這個按資排輩的圈子裡，本來就會惹很多人眼紅。

設計的好壞本來就很主觀，再厲害的大師，他們的作品也有人認可，有人吐槽。更何況是蘇漾，她根本不可能讓每個人滿意。

可是慶城森林，是她截至目前為止最大的嘗試，她大膽地把「山水園林」的概念，運用到現代城市的建設之中。她設計慶城森林的那段時間，一直住在一片老式園林裡，真正用最放鬆的狀態，設計了慶城森林。她渴望慶城森林，成為真正的城市森林。

面對眾人別有深意的表情，她強撐著笑意：「沒關係。」

會議進行得不算順利，慶城森林在細節上被很多人質疑，蘇漾解釋得口都乾了。

晚上回到飯店，顧熠的電話就來了。編謊話騙人很辛苦，可她還是揚著笑臉，和顧熠編造了一個眾人力挺的會議。

掛斷電話，蘇漾帶著滿腔的疑惑和委屈，終於忍無可忍，撥打了林木森的電話……

林木森已經好幾天沒有去上班。

家裡的菸灰缸塞滿了菸蒂，廚房水槽裡一堆碗沒有洗，電腦上的軟體還開著，做了一半的案子還沒有存檔。

蘇漾出事，他也陷入人生中最艱難的時刻。

她在電話裡努力裝作堅強，可是他依然聽出她聲音中的顫抖，分明就是要哭的樣子。

她說：『林木森，你是這一輩最王牌的結構技師，我一直覺得我們是黃金搭檔，那麼難的專案我們都完成了，為什麼兒童之家會出問題，到底是我的問題，還是後面的問題？我們能不能參與調查？我需要知道真相，如果真是我的問題，以後當不了建築師，我也認了。』

為了蘇漾，林木森去過兒童之家，也去了最初促成這件事的老師家。

他的老師是建院的一個老工程師，蘇漾只做前期的概念設計，後期都是他們建院和林木森合作完成的。

林木森做事非常嚴謹，他工作多年，從來沒有出過錯，更別提他的老師，在沒有電腦計算輔助的年代，老師是以真功夫立足於業界的。

比起林木森急於得知真相的態度，老師的態度可以說平靜得有些詭異。

「老師，到底是怎麼回事？是不是施工方面出了問題？結構沒有問題，審圖也沒有問題，為什麼會發生這種事？」

老師坐在沙發上，矍鑠的眼神中閃過一絲心虛，他沉默許久才說：「預算沒有加。」

林木森皺眉：「什麼意思？」

「最後施工方用了比較差的材料，蘇漾態度太強硬，就沒有和她再討論這個問題。」

林木森瞪大了眼睛：「那您為什麼不反對？！」

「我以為不會有事，施工方都這麼幹，我們也控制不了。他們每年得到很多捐款，卻只肯拿出那麼一點來修建。這裡面，水太深。」老師清白半生，此刻，他愧疚地低下頭，「發生這樣的事，我很抱歉。」

「不！」林木森氣憤地說，「您應該站出來說明情況，為什麼要任由對方的公關把問題都轉到蘇漾身上？」

「我們只是幾張嘴，這種民間募捐機構引導輿論的能力足以毀掉我們。」老師沒有抬頭，只是呆呆看著面前的桌子，良久，他才緩慢說道，「木森，老師快退休了，還有半年。」他用很疲憊的聲音說著，彷彿蒼老了好幾歲，「老師只想安安穩穩地退休，不想惹上任何麻煩，讓我這大半生的名譽毀於一旦。木森，你是我最得意的學生，請你幫幫我。」

渾渾噩噩地走出老師家。

林木森坐在自己的車裡，一根一根抽著菸，整個車廂裡煙霧繚繞，全是菸味，嗆得林木森自己都不住咳嗽。

也不知道過了多久，蘇漾又打電話來，聲音十分焦急。

『林木森，兒童之家那個負責人，現在不接我電話了，你能聯繫到他們嗎？』接著蘇漾又問，『對了，你說去找你老師，怎麼樣？他有沒有說什麼？』

林木森頹然靠在方向盤上，腦海中想起這麼多年老師的諄諄教誨，和最後那個祈求的眼神，不禁握緊了拳頭。

「老師什麼都不知道。」

雖然 Gamma 的公關部門也發出新聞稿解釋，但是輿論風向還是難以控制，蘇漾和施工方被捆綁在一起，遭網民攻擊。

事件發酵了幾天後，兒童之家終於發出聲明，是一封很長的解釋信。

向公眾解釋兒童之家的改造預算過高，他們投入的資金和蘇漾的設計之間有巨大的缺口，在經費不足的情況下，施工團隊為了盡快完工而選擇替代材料，以及工期很趕等問題，才導致了悲劇。他們會一力負起這件事，不會追究任何人的責任，請大眾放心。因為經費主要用於兒童之家的公益事業運營，暫時無力再修繕，所以僅在兒童之家的外牆搭起鷹架，防止玻璃再次掉落。

Gamma 公關部的人看了兒童之家的聲明稿後，氣得把滑鼠都摔了。

對方的公關危機處理堪稱完美，維護了公益組織的形象，也解釋了問題所在，表現得非常寬容又有擔當，洗白得相當澈底。

公眾被兒童之家有擔當的舉措感動，不僅忘卻最初的指責，還有很多人繼續捐款，希望早日修繕兒童之家，讓孩子們有真正的棲身之所。

這個事件看似過去了，作為設計師的蘇漾，卻因此受到極大的影響。業界很多人認為她不能基於甲方真正的需求來設計，甚至讓她背上「敗家子」建築師的黑鍋。作為一個新銳建築師，她受到諸多質疑。

這件事最直接的影響，是慶城森林的主要負責人，在蘇漾交了第二階段的設計圖之後，親自到N城找她面談。

那個什麼都不懂的中年男子，坐在會議室的上首，雖然全程帶笑，眼神卻非常冰冷，長官架子十足：「兒童之家的事我聽說了，我們也感到很擔憂。當初萊伊拉・迪德一力說服其他評委，讓妳的設計得標，我們也是冒著極大的風險，給新人一個機會。妳應該也清楚，有很多幾十年經驗的大師作品參與競賽，我們隨便選一個，都比交給妳穩妥。」

蘇漾安靜地聽男人說話，什麼都沒有表示，只是一下一下轉著手中的筆。

經歷讓人快速成長，蘇漾年輕的面孔上，帶著一絲不符合年齡的沉穩。

男人繼續說著，「我們開會討論之後，覺得妳計畫五年完工實在太長，每拖一年，各方面的投入都會增加許多，最好是能控制在四年內。」他挺著大大的啤酒肚往後靠了靠，「原本計畫的投資也多了一些，我們希望能縮減。」

慶城森林是慶城計畫的新名片，越早啟用，花費越少的預算，自然能得到越好的效益。道理誰都懂，可是有些東西必須精益求精，十分沉澱才能建造出來。

蘇漾成名於短期專案，但是慶城森林，她選擇了傳統的建造方式，就是為了力求每個細節的沉澱。

聽到這裡，蘇漾的視線終於從筆上移開，手指握著筆重重在桌上一點，發出「鏗」的一聲，把那個負責人嚇了一跳。

「要快，一年我就能竣工，預鑄工法我已經成功嘗試過了，我相信你們也清楚。」蘇漾笑，「但是你要知道，我結合了山水園林文化，裡面用到中式古典元素，預鑄工法無法滿足設計細節。我上次開會說過，我希望慶城森林是夯實的，沉澱的，雋永的。興建必須分三個階段，第一階段建立建築的基座，第二階段建造外部的主要造型，第三階段完成剩餘結構體和內部裝修。五年已經算短了，以國外差不多規模的專案來說，建七八年也是常有的事。」

男人不喜歡蘇漾的口氣，大概是習慣了被人巴結，忽然遇到蘇漾這麼一根刺，語氣驟冷：「那就只能盡快開工，我們聘請了著名的結構工程師周一陽監督，計畫下個月開工。」

蘇漾聽到這裡，立刻變了臉色：「我的設計還沒有全部完成就要開工？」

「修個基座，不需要全部的設計圖，妳盡快趕工，我們同步進行。」

「……」

兒童之家的事，被對方占走公關先機，關於內幕真相，顧熠也大概猜到了一些。

雖然對蘇漾有諸多不利，但是除了讓時間去淡化，身為一個人微言輕的女性建築師，也沒有別的辦法。顧熠的招牌擺在那裡，至少不會讓蘇漾沒有案子可做，顧熠想著，以蘇漾的能力，總有翻身的機會。

目前，越急越會招致反效果。

因為手裡同時有好幾個案子在進行，近來比較忙，顧熠直到晚上六點多才回到事務所。看了看時間，他直接來到蘇漾辦公室，想要找蘇漾吃飯。

最近她在趕慶城森林的專案，這麼拚命，自然是希望慶城森林能早日動工。到了蘇漾辦公室，蘇漾不在，顧熠有些詫異，找到小橙：「蘇工去哪裡了？」

小橙被顧熠嚇了一跳，狼狽地抽了張面紙擦眼淚。

顧熠見小橙在哭，問道：「蘇工罵妳了？」

小橙見顧熠誤會，趕緊搖頭：「沒有，我只是……替蘇工抱不平。」

顧熠皺眉，眸光嚴肅起來：「怎麼回事？」

「慶城的負責人過來，提了很多不可能、不合理的要求。兒童之家的事和蘇工有什麼關係？什麼設計和預算的巨大缺口，他們給的預算能做什麼造型設計？頂多只能粉刷一下。蘇工的方案已經很省錢了，還想要怎麼樣？」

所有人離開後，會議室終於恢復平靜。蘇漾坐在會議室裡，一直沒有離開。

她關掉所有的燈，會議室從天光正亮漸漸變得昏暗，微弱的光線來自華燈初上的霓虹燈，一閃一閃，彷彿是這座城市的心跳。

這段時間她所經歷的一切，大概可以說是她職業生涯最大的劫難了。

兒童之家的事情發生後，網友到她的社群裡謾罵。

在最孤立無助的時候，曹子崢作為蘇漾的老師，站了出來，他不僅發了一封手寫長信來為蘇漾的能力和品格擔保，還幾乎動用所有的人為她轉發正名。

石媛每天加班忙得要命，還披著馬甲，在網上舌戰群雄，噴那些無腦的鍵盤俠。Gamma很多同事也都站出來發聲。

尤其是顧熠，他奔前忙後，試圖查明真相，為她洗脫罵名。

說真的，蘇漾已經不是那麼在乎真相了，她只想低調地做自己喜歡的事。然而，連這似乎都很難。

是妥協順從，還是堅持到底，蘇漾也陷入兩難。

一個人放空發呆，直到會議室的門被人推開，蘇漾和來人俱是一愣。

顧熠沒有開燈，一步一步走近蘇漾。

他沒有和蘇漾說話，只是微微彎腰，溫柔地自背後將蘇漾抱進懷裡。

「對不起。」顧熠的聲音有些沙啞，「在妳最需要我的時候，我不在這裡。」

感受到那溫熱的體溫，蘇漾麻木的神經才突然有了知覺。

有一股痛和委屈，從心臟快速傳到四肢百骸，眼眶瞬間溼潤，眼前的一切都沾染了水氣。

蘇漾憋了那麼久，終於哭出來，那種明明傷心至極，還要努力克制的嗚咽聲，讓顧熠心疼又自責，他更緊地抱住蘇漾。

蘇漾緊閉雙眼，任憑眼淚洗刷著臉頰，發洩這段時間壓抑的一切。

「也許……我沒辦法再設計慶城森林了……」蘇漾想到這個可能性，就覺得心如刀絞，「他們不懂……不懂我有多期待慶城森林……」

慶城森林的專案，原本作為結構工程師的林木森被換下。林木森意識到，兒童之家的事件真正影響到蘇漾了。

兒童之家發了聲明稿之後，掉玻璃的新聞逐漸從大眾視野中淡去。每天都有新的話題，整起事件裡，蘇漾也許是最大的受害者。大眾對蘇漾的誤解，也許會讓蘇漾在建築界創作、接案、競標都受到影響。

慶城森林在蘇漾開始畫第三階段的圖紙之前，就破土動工，動工儀式蘇漾沒有參加。

林木森最清楚蘇漾對這個案子寄予了多高的期待。

競標慶城森林的時候，蘇漾住在城中郊區一棟老園林宅院裡，花光存了半年的設計費。那時候，她經常請小橙和林木森過去飲茶，每每說起慶城森林，嘴角都帶著笑意。

蘇漾雖然總是說做設計是為了錢，可是熟悉她的人都知道，她對金錢最沒有概念，是一個不折不扣的理想家。

慶城森林的專案如此做，無疑是摧毀了蘇漾最純真的信仰。

看著她每天沉悶不語的樣子，林木森自責極了。

彷彿一朵綻放得極為豔麗的花，就這麼活生生地在他眼前凋零，他能感受到那分心痛。

風頭過去之後，老師以身體為由，向建院提交提前退休的申請，獲批之後，他整個人放鬆很多。

為了感激林木森的維護，他想和林木森見一面，但是林木森拒絕了。林木森無法再像以前一樣尊重老師，同樣的，他也無法原諒自己。

林木森因為這件事，變得陰鬱很多。蘇漾和小橙以為他是因為慶城森林的專案被換掉而難過，於是三人相約一起喝酒。

他們是一個團隊，經常會一起喝酒、聚餐。

林木森一杯接一杯地喝著，喝到蘇漾都看不下去了。

她笑著打了一個酒嗝，攔住林木森：「要喝一起喝，我們一樣失意，憑什麼你先喝死？」

蘇漾明明笑著，眼眸中卻流露出一絲憂傷。

林木森定定看著她，良久，他猛地又灌下一杯酒。

「蘇漾，是我對不起妳……」良心譴責太過難受，彷彿一座大山壓在肩上，他趁著酒意，說出壓在心裡許久的祕密，一字一句向蘇漾懺悔，硬生生把蘇漾臉上強撐的那一點笑容，說得消失殆盡。

「嘩——」

林木森說完，回答他的，是蘇漾毫不留情潑過來的一杯酒。

「林木森，我們因為理念契合成為黃金搭檔，曾經，我真的把你當作朋友。我會原諒不小心得罪我的陌生人，」她皺著眉頭，一字一頓地說，「卻不會原諒傷害過我的朋友。」

刺眼的陽光，從沒有拉緊的窗簾中透進來，喚醒了林木森。

宿醉讓林木森頭痛欲裂，衣服沒有換，還帶著一身濃重的酒氣，不良的睡姿，讓他全身上下都痠痛無比。轉一轉脖子，還能聽見骨頭喀喀作響。

沒有請假就蹺了班，看了下時間，已經快十二點。林木森沉默地從床上爬起來，還沒走出房間，他家的門鈴就響了。

打開大門，林木森撥開瀏海，一眼就看見門口的顧熠。

「你？」林木森看著這不速之客，有些詫異，「你來做什麼？」

林木森的理智漸漸恢復，腦中一閃而過昨夜的情景，他的懺悔、道歉，也想起蘇漾一腳踢翻凳子，氣到不能再氣，憤然離開的背影。

這麼多年，唯一一個讓他心動的女人，大概再也不會原諒他，誰能理解他做出決定時的掙扎和痛苦？

林木森輕哼一聲，睨著顧熠：「你是來說服我，要我站出來說明真相，恢復她的名譽？」

顧熠個子很高，幾乎擋住門口的全部光線。

他和林木森就這麼對峙而立，面色冷如修羅。

他冷漠地看了林木森一眼，左右動了動脖子，嘴角輕動。

「不是。」他的聲音低沉，卻極其清晰，「老子是來打你的！」

蘇漾請了假，沒有去上班。

雖說對真相沒有那麼執著，但是這麼殘忍地知道真相後，蘇漾還是很難受。

撇開林木森喜歡她這件事不談，林木森對建築的追求，工作的細緻，都十分符合蘇漾的想法。她從心裡喜歡林木森，也覺得和他合作很愉快。

她萬萬沒想到，他早就得知真相，卻沒有為她辯駁。

怪不得他最近總是刻意躲著她，她以為是顧熠的關係，卻不想他是因為心虛。

怪他嗎？有吧，可是怪他也沒有意義。

諄諄輔導過他的老師，和拒絕他的女人，常理，都會選擇老師。

可是心裡還是覺得難受。

蘇漾是感情動物，對身邊的每個人都是百分之百的信任，這是她的優點，也是她的弱點。

摀著被子，直到肚子咕嚕咕嚕叫，她才不情不願地下床。

她極少在家裡煮飯，家裡什麼都沒有，宿醉之後，肚子更餓，蘇漾換了身衣服，獨自出門覓食。

走在「未來過去城」裡，不過一年多，這裡已經發展成東城最重要的經濟旅遊中心。

那種無慮的繁華，是對蘇漾最好的安慰。

她走著走著，心情慢慢放鬆下來。

知道了真相也好，「死」得有理有據，好過「死」得不明不白。

蘇漾正準備隨便找間餐廳填飽肚子，手機突然響了起來。

電話那頭顧熠十萬火急地找她，急切的語氣把蘇漾嚇了一跳。

飯也顧不上吃了，蘇漾在「未來過去城」的標誌性建築——歌氏的旋轉藝術館附近，等待顧熠到來。

大約十幾分鐘後，顧熠終於來了。

蘇漾被顧熠的模樣嚇到，幾乎是下意識地抓住他的衣服。

滿臉掛彩，原本英俊的臉上青一塊紫一塊，那雙深邃的眼睛，此刻也有些微腫，眼球有些充血泛紅。

「怎麼回事？」蘇漾皺著眉頭問，「你和人打架？」

看著到處都是傷的顧熠，她的手簡直不知道該往哪裡放，只能抓著他的衣服，差點要哭出來：「身上呢？身上有受傷嗎？」

她上下檢查著，手指剛要去解他的外套鈕釦，就被顧熠一把抓住。

顧熠微微低著頭，目光篤篤地看著蘇漾。

許久，他解開外套的鈕釦，從裡面掏出一朵紅色玫瑰。

準確來說，是一朵快枯掉的玫瑰。

顧熠低頭看了一眼那朵玫瑰，氣惱地啐了一聲：「破花，經不起折騰。」

蘇漾看他青紫的臉孔，氣惱地梳著自己的頭髮，知道他應該沒事，噗嗤一聲，笑了出來。

她伸手，接過那朵毫無生氣的玫瑰，無奈地瞪他：「你該不是為了花被人打吧？」

顧熠的目光熾烈，直直盯著蘇漾。

「其實，我是想介紹一個人給妳認識。」

蘇漾摸著玫瑰僅剩的幾片花瓣，漫不經心地問：「誰啊？」

顧熠突然遞給她一張身分證。

蘇漾被顧熠突如其來的舉動嚇了一跳。

低頭看向那張身分證，竟然是顧熠本人的。

「幹麼？」

顧熠嘴角帶著一絲笑意：「顧熠，三十五歲，對妳來說有些太大了，但是有車有房，事業小有所成，肯定疼老婆，以後也會疼孩子。」

「顧熠？」

不理會蘇漾的疑惑，顧熠突然在蘇漾面前單膝跪下。

蘇漾手裡拿著那朵枯萎的玫瑰，整個人都傻了。

顧熠從口袋裡拿出一個寶藍色的精巧小盒子，在蘇漾面前打開。

裡面是一枚精巧的鑽戒。

「我記得，很久以前我問妳，想要成為什麼樣的建築師，妳反問我，當時我沒有回答。這個問題，我想了幾年，終於有了答案。」顧熠嘴角帶著淺淺笑意，配上他奼紫嫣紅的臉，實在有些滑稽。他仰著頭看向蘇漾，鄭重其事地說，「我只想在妳心裡建一棟房子，然後住一輩子。不管妳是建築師，或是其他身分，我只知道，我希望妳成為我的妻子。」

商業街的行人來來往往，都因為兩人而駐足，有人拿出手機拍攝，也有人吹著口哨。

蘇漾低著頭，看向顧熠那一臉真誠的表情，眼前竟然有些模糊了。

風中是顧熠溫柔的聲音，他說：

「急流也能勇退，蘇漾，我希望妳知道，我永遠是妳的後盾。」

圍觀的人越來越多，蘇漾站在人群中央，在一片喧鬧聲中，低頭看著顧熠。

那一刻，她的腦子幾乎是空白的。

圍觀的人整齊劃一地高喊著「嫁給他」，明明一個熟人也沒有，全是圍觀路人，卻都帶著真誠的祝福。

受到幸福和快樂的感染，讓近來一直處於人生低谷的蘇漾，突然從囹圄困頓中解脫出來，胸中滯悶的感覺也瞬間消散。

這世上的一切都是恆定的，有多少壞人，就有多少好人。這廣袤的天空，從來不會被黑暗完全籠罩，就算偶爾暴風陰霾，也總有放晴的一天。

所以，不管遇到多麼艱難的事，遭遇多麼深重的背叛，負重前行，總有燦爛重現。

顧熠單膝跪地，不急不躁，被人圍觀也沒有絲毫尷尬的表情，只是頂著那張青紫的臉，等待蘇漾的答案。

蘇漾在口哨、掌聲和路人的呼喊聲中，矜持地抿唇，最後點了點頭。

「嗯。」

一向不在外人面前情緒外露的顧熠，臉上毫不遮掩地露出燦爛的笑意，他為蘇漾戴上戒指，嘴角的笑容飛揚得猶如少年。

因為好感而互相吸引，因為愛情而走完一生。

蘇漾在少女時代，曾經渴望過這樣的人生，當這一刻真的來臨，她還是覺得像夢一般。明明是高興的事，她卻幾乎被眼淚模糊了雙眼。那枚鑽戒戴在她左手的無名指上，冰涼與溫熱的觸感，直達她內心最深處。

很多年後，她那正處於人生轉捩點的年輕徒弟纏著她問：「像師傅這麼酷的女人，被求婚的時候會哭嗎？」

蘇漾笑笑，提了一排耐火磚疊在牆腳，很坦然地說：「哭得很難看。」

顧熠抱著蘇漾，她把臉深深埋在他的胸膛。

他將她抱得那樣緊，溫柔繾綣的聲音，落在耳邊，帶著幾分激動的欣喜，終於得償所願的寬慰，以及贏得一切的洋洋得意，他問：「現在我是不是滿分了？」

蘇漾沒有動，只是抱緊了他的腰，以羞怯的聲音低低回答。

「五二〇分吧。」

蘇漾重新站起來，回到 Gamma 上班，而林木森已經從 Gamma 辭職。據小橙說，他來辭職的那天，臉腫得和豬頭一樣。不用說，大家都能看出，顧熠是和誰打架了。

至於打架的理由？

大家都謠傳是林木森想挖顧熠牆腳，顧熠這個老男人好不容易找到對象，自然要為得來不易的女友拚命。

關於這些不可靠的傳言，蘇漾除了無奈，還是無奈。

得知蘇漾和專案組的負責人鬧僵，顧熠各方考量後，勸蘇漾放棄「慶城森林」。他說：「人生還很長，妳以後不僅會有森林，還有大海、星空，和這個世界。」

蘇漾知道顧熠是為她好，但她有些臭毛病一輩子都改不了，比如固執。

在這樣一個溝通方式多如牛毛的時代，蘇漾和相關負責人的聯繫竟淪落到必須靠別人傳話才能進行的地步。

在沒有任何保障的情況下，蘇漾還是硬著頭皮把慶城森林的案子進行下去。她拿出幾乎所有的積蓄，發給團隊的人設計費，因此被顧熠和林鋮鈞批評了一番。

顧熠為了勸蘇漾放棄，甚至將蘇媽劉愛紅女士，從X城接回N城。

那天蘇漾下班回家，她那間小公寓被收拾一新，幾乎不怎麼使用的廚房有了人間煙火的氣息，餐桌上放滿飯菜，有一隻又肥又蠢的狗，對著香氣四溢的食物不停搖著尾巴。

那畫面，溫馨得像是假的，蘇漾甚至生出穿越時空的錯覺。

「老爺？」蘇漾有些不敢置信。

下一刻，那隻因為年老，懶到除了吃，幾乎都不喜歡動的笨狗，激動得跳到蘇漾腿上，直到蘇漾將牠抱進懷裡。

聽見聲響，正在廚房裡忙碌的蘇媽走了出來，她端著盛滿菜肴的盤子，放到餐桌上，然後在圍裙上擦了擦手。

「回家了。」沒有任何疑問，沒有寒暄。一切都自然得彷彿每天都會發生一樣，蘇媽抬頭看了蘇漾一眼，稀鬆平常地說，「吃飯了，我的傻丫頭。」

「媽……」

蘇漾瞬間就不爭氣地哭了出來。

蘇媽這張牌果然好用，蘇漾終於向慶城森林的專案組遞交了辭呈。

說真的，蘇漾在遞交辭呈的時候，曾經以為他們會挽留她，但是很遺憾，現實不是電影，對方很欣然接受了她的離開，並且很市儈地和她洽談第三階段的設計圖。

她和團隊已經完成了最後一個階段的全部設計，共一百一十幅設計圖。

專案負責人提議向蘇漾買下設計圖。

蘇漾卻什麼都沒有要。

這麼多年學習和職場生活，把她從任性固執的少女，變成更任性、更固執的輕熟女。

顧熠和林鋮鈞說得對，她這個脾氣，也許真的不該待在這個圈子裡。

面對那個人市儈而急切的表情，蘇漾從心裡感到不屑。

她喝光面前的白開水，笑著拿起自己的包包。

「你們就是傾家蕩產，也買不起我的才華。」

這是蘇漾瀟灑轉身前，說的最後一句話，以極其倨傲的語氣。

接手慶城森林以來，歷經那麼多興奮、憧憬，同時也有委屈、難過，曾抱持期待，也曾遭受打擊，在這一刻，這一切終於結束。

她蘇漾對得起自己，這就夠了。慶城森林，終於在她心裡畫下完美的句點。

蘇漾提前從慶城回來，沒有按照最初安排的時間。

她出現在Gamma的時候，顧熠剛開完一個專案會議，甲方還在他辦公室裡。顧熠被提前回來的蘇漾嚇了一跳，但他還是專業地先接待客戶。

蘇漾不吵不鬧，已然習慣顧熠的忙碌，站在顧熠辦公室的魚缸前，和裡面的金魚互動，時不時扔些飼料下去，等待甲方客戶和顧熠聊完。

許久許久，也許有一兩個小時，甲方客戶終於離開。

顧熠送對方到電梯口，等他走回辦公室，辦公室的門卻關上了，他心裡撲通一跳，以為蘇漾等太久，生氣了。

他一推開門，眼前人影一晃，蘇漾已經像八爪章魚一樣跳到他身上。

「我提前回來，驚不驚喜？」

蘇漾滿臉的笑容，眼神清澈得如同多年以前，他在學校裡初遇她的樣子，滿載著少女的單純。

顧熠抱著蘇漾，重重親了一口。

「我以為妳明天回來，還請了假要去接妳。」說著輕咬她的鼻尖，「小騙子。」

蘇漾被他弄得有些癢，仰了仰脖子：「他們要花錢買我的設計圖，我沒要錢。」

聽到她做了這個決定，顧熠竟然一點都不意外，只是寵溺地道：「敗家女。」

「哈哈，我可慘了，先前設計的改建掉玻璃，這回又從慶城森林中途退出，以後恐怕更不會有人找我設計了，我還用積蓄發了設計費給組裡的人。」蘇漾笑，「看來我得回家啃老了。」

顧熠挑眉，與她頭靠著頭，姿態親暱。

「別啃老了，阿姨過得不容易。」顧熠的聲音溫柔得令人心頭微顫，「以後，啃我。」

蘇漾的手圈著顧熠的脖子，笑嘻嘻地說：「這可是顧大建築師說的，那小女子就不客氣了。我這次回來，可能會啃你一輩子，你做好心理準備。」

顧熠的瞳孔墨黑，目光灼灼看著她。

帶著許多許多的情緒，許久，他輕動嘴角，緩緩說道：

「歡迎回來，我的小少女。」

慶城森林後來另外指派了一個慶城本地的建築團隊接手。

新上任的建築師是一個年近四十的慶城建築師，蘇漾還在學院裡做山水園林研究的時候，曾經見過一面，對她的理念非常喜歡。

也不知道他用了什麼方法，總之，最後慶城森林沿用了蘇漾的設計。

那位建築師後來曾經試圖透過曹子崢聯繫蘇漾，希望蘇漾能繼續參與這個專案，但是慶城森林對蘇漾來說，也有點「傷心森林」的味道，她不願、也沒時間再去接洽這個「遺憾」。

當時蘇漾有更重要的事要做——她的人生大事。

蘇漾心理上其實還沒理解「戀愛」和「婚姻」的區別。

從顧熠的女朋友，變成顧熠的妻子，其中第一個轉變，就是她和顧家人的關係。

顧家大宅她也來過幾次了，這次顧熠帶她回來，意義卻全然不同，她不禁有些緊張。

原本以為顧父會有些意見，還有顧夫人，與蘇漾的關係也十分尷尬。但是很奇怪，這一頓飯竟然吃得極其和諧，顧父沒有任何刁難和多餘的問話，而是以很慈祥的姿態接受了蘇漾，讓蘇漾鬆了一口氣。

晚上蘇媽打電話來問蘇漾情況，蘇漾當著顧熠的面不好說什麼，便走出房間，一個人站在沒人的小陽臺上和蘇媽彙報。

一通電話打了四十幾分鐘，蘇媽真是事無鉅細全部問清楚，只差沒要蘇漾寫份報告。

好不容易掛斷電話，蘇漾輕吐了一口氣。

看著陽臺外的風景，蘇漾第一次不是以外人的角度看這棟房子的富麗堂皇，而是試著將這裡看作她的家。

「這房子，都是泳羲設計的。」

身後突然冒出人聲，把蘇漾嚇了一跳。

她驚魂未定地撫著胸口，半晌才稍微冷靜下來：「顧伯伯，您出來啦？」

顧父走進小陽臺，站在與蘇漾相對的另一個角落。表情平靜，視線落在遠處的天際線。

「我曾經以為，顧熠也許不會結婚。」顧父的聲音帶著幾分滄桑和感慨，「他一直恨我，對家庭也沒有信心。聽說美國有很多不婚主義者，我當時以為他是受到了影響。」

顧父慢慢轉過視線，看向蘇漾：「謝謝妳接納了我這個古怪的兒子，他從小到大都很不容易，是個缺愛的孩子。」

「缺愛？」蘇漾不禁重複了一遍。

顧父輕嘆一口氣：「其實，顧熠的媽媽不是失蹤，而是去世了。」

「什麼？」蘇漾一直聽顧熠說是失蹤了，顧熠也因此一直恨著顧父。蘇漾皺了皺眉，「如果去世了，為什麼不和他說真話，明明就找到了下落，為什麼不告訴他？」

顧熠因此記恨了那麼多年，那種感覺該有多痛苦？

「顧熠的媽媽，是因為我而死。」顧父說起顧母，滿眼愧疚，「當年因為顧熠出生，生活壓力變大，我整天跑工程，忽視了剛生完孩子的她。我是個粗人，根本不懂什麼產後憂鬱，那時候只覺得她像個瘋子一樣，每天和我吵架，覺得疲憊，更不願回家。

「……後來她漸漸變得極端，經常打罵顧熠，我每次回家，顧熠身上都是青一塊紫一塊，她可能認為只有折磨顧熠，我才會出現。有一次，她差點把顧熠掐死，我發現這樣下去不行，就不敢再讓她帶顧熠，把她送去了療養院。」顧父神情複雜，「顧熠那時候很小，整天吵著要媽媽，我沒辦法，只好編造謊言，告訴他，媽媽有憂鬱症，媽媽失蹤了。

「我一直以為他媽媽能痊癒，回到家裡，到時候就說人找回來了。可是後來……後來她憂鬱症變得更嚴重，在醫院裡自殺了。」顧父表情有些痛苦，「她走了以後，我不知道該怎麼告訴顧熠這件事。他一直逼我去找他媽媽，我怎麼告訴一個那麼小的孩子，他媽媽去世了？他光是接受『失蹤』就花了很久。」

聽到這裡，蘇漾眼眶微紅，心頭酸澀：「您的一念之差，他幾乎恨了半輩子。」

「最適合的時機錯過了，之後就不知道該怎麼開口。」顧父輕抿嘴脣，看向面前的欄杆，「感謝妳的出現，讓他變了很多。

「蘇漾，請妳一定要好好對他。」

時間漸晚，顧父催促蘇漾去睡覺。

蘇漾邊走邊頻頻回頭，離開了小陽臺。顧父還靠在欄杆上，孤獨地站著，也不知道他在看哪裡，也不知道他在想什麼。

這一段深藏多年的往事，也許也折磨了他許多年吧。

走回別墅裡，蘇漾還是覺得很震撼，正想著要不要把這些告訴顧熠，一轉彎，就被靠著牆、站在走廊上的顧熠嚇了一跳。

「你……」

「噓——」顧熠做了個噤聲的動作。

蘇漾有些困惑，看著顧熠：「你是不是都聽到了？」

顧熠什麼都沒有回答，臉上帶著溫暖的笑意，低頭看著蘇漾：「回去睡覺。」

說完，一隻長長的手臂攬上蘇漾的肩膀。

「好重。」蘇漾伸手想要推開顧熠。

顧熠不顧蘇漾反對，又把手伸了過來，不僅如此，他還把整個身體都往蘇漾身上靠。

「讓我靠一靠。」他說。

蘇漾不再掙扎，任由他靠著，兩人一起回到房間……

那段過去，過去了，就成為祕密，在他們每個人的心裡。

但是蘇漾知道，那一夜之後，顧熠真正接受了他的父親，那個和他脾氣很像的男人。

八個月後，當初鬧得沸沸揚揚的「兒童之家」事件，又掀起了波瀾。

「兒童之家」得到捐款後，進行第二次修建，結果又出現新的問題。

網路上有人帶風向，揭露了「兒童之家」內部的腐敗，在改建專案上根本預算不足，而且捐款收入和實際支出相差甚遠。

「兒童之家」的真面目敗露，當初有多少人支持，如今就有多少人撻伐。這場網路戰打得硝煙彌漫，而蘇漾也因此洗脫「罪名」。雖然那時候，她已經不在N城建築設計圈了。

後來林鋮鈞一直懷疑，網路上帶風向的網軍，是顧熠花錢雇用的，但是顧熠死不承認。至於真相，誰也不知道。

事件爆出來的時候，蘇漾和顧熠正忙著舉辦婚禮。

他們兩人，一個是研究山水園林的學院派，一個是思想開放的海歸，走哪一種風格，都不該把婚禮辦成這樣。

來參加婚禮的客人，都被他們這場俗氣而富貴的婚禮雷到了。

但是作為當事人，他們始終喜氣洋洋。

蘇媽這一生最在乎的就是嫁女兒，全程親自操辦，以她的眼光。蘇漾和顧熠樂得輕鬆，套句他們的話，最重要的，是他們心甘情願結為夫妻，形式都是做給客人看的。

只要蘇媽高興，她想怎麼弄就怎麼弄。

顧熠按照N城婚俗，以幾十輛「豪華轎車」作為迎親車隊，將蘇漾從蘇家接到顧家。顧父和顧夫人早已等候多時。

兩位長輩坐在沙發上，穿戴正式，表情又緊張又喜氣。

顧父是真心喜歡蘇漾這個媳婦，而顧夫人，從早上就開始緊張今天一天的流程。

蘇漾和顧熠一起跪在父母面前。旁人遞上喜茶，蘇漾接過喜茶。

她一身新娘打扮，始終低著頭，顯得有禮又謙和。旁邊的顧熠也和她重複一樣的步驟。

顧熠將茶遞給顧父，很公式化地說：「爸，喝茶。」

顧父喝過茶後，拿出準備好的紅包給顧熠和蘇漾。

蘇漾作為新婦，也隨著顧熠的禮，將手裡的茶遞給顧夫人。

「媽，喝茶。」

蘇漾的聲音不大，帶著幾分新嫁娘的羞怯，卻硬生生喊出顧夫人的眼淚。

二十幾年了，終於等到這一天，顧夫人原本以為，再不會有這一天。

顧夫人端過那杯茶，熱滾滾的眼淚落到茶杯裡。

她拿出事先準備好的紅包，遞了一個給蘇漾。

「白頭到老。」她說著很尋常的吉祥話。接著，她又拿出一個紅包遞給顧熠。

「謝謝你。」她說。

一句謝謝，包含了無法言說的千言萬語。

曾經很多人以為，蘇漾嫁給顧熠，是因為她走投無路。當時她已經很久沒接到設計的工作，競標也屢屢失敗。大家都覺得她是想藉著顧熠的關係，繼續在建築設計圈生存。

然而讓人意外的是，她洗脫「黑名」之後，卻澈底沉寂了。

大約兩三年的時間，蘇漾都在做和建築設計完全無關的事。

婚後，她澈底貫徹當初說好的，回家「啃」顧熠。

顧熠對此毫無異議，總算是趕在四十歲之前當了爸爸，還是三年抱兩個，一男一女，湊了個「好」字。

圈內有些人落井下石，也有人感到惋惜。因為蘇漾確實是建築設計圈裡一顆冉冉升起的新星，不得不承認，她極其有才華。

連林鉞鈞都為她感到可惜，她在最應該拚事業的時候，居然回家結婚生孩子，把一身做建築的本領，都用在幫孩子搭什麼餅乾屋。

讓蘇漾重新做設計的契機，是一次和顧熠帶著孩子去自駕遊。

穿山越嶺到了不熟悉的地方，蘇漾發現在高速發展的現代，居然還有那麼落後的鄉村。

之後蘇漾放棄了城市的工作和生活，走訪許多鄉村，專門為那些經濟落後、無力修繕房屋的農人改建房屋。

為了用最少的錢建造出最實用、最安全的屋子，蘇漾自學了很多她以前難以想像的技能，對各種自然的建築材料，比對自家孩子考試考幾分還要熟悉。

多年過去，城市裡那些造型各異的新式建築都沒有她的名字。

她卻在各個縣城、鄉村修建了各式充滿想像力的公益建築。

八年後，當初她中途退出的慶城森林，在多次更換團隊、延期、難產之後終於竣工，正式啟用。

最初計畫五年就能完成的專案，整整歷經八年，才出現在世人眼前。

一座城市裡的森林建築，真正結合了自然、文化沉澱下來的建築，一問世，就引起世界各地的關注。

一時之間，原本沉寂多年的蘇漾，又重新回到人們的視野。

她用了八年在鄉村所做的一切，也被寫成各種感人至深的新聞稿，傳遍網路。她成了真正的「建築女神」，和顧熠的強強聯合，被建築界稱為繼梁思成、林徽因之後，當代最強的建築CP。

她也因此拿下第二年的普立茲克建築獎，成為國內第一個獲此殊榮的女性建築師。頒獎典禮那天，大家都沒發現那個穿著亞麻襯衫、寬口長褲的女人，竟然就是普立茲克建築獎的得主。

當蘇漾走上頒獎臺，眾人都有些意外。

為她頒獎的嘉賓真摯地說著：「評審團選出了一位，讓我感受到建築責任的建築師。她建造的工程，讓弱勢族群獲得更好的生活、工作機會，緩解了自然的災害，減少了能源的消耗。真正實現了一個美好又有意義的概念——一個好的建築師，應該能透過建築設計，改善人們的生活。不論是她的國家，還是這個世界，都需要這樣的建築師，她不僅熟悉材料和施工，而且深知詩意的建築，對人們生活的影響……」

站在臺上，蘇漾的笑容很平靜，那是真正由歲月和經歷沉澱出來的穩重，她已經從過去那個不諳世事的少女，蛻變成一個心懷責任感的建築設計師。

長期跑山區工作，她黑了也瘦了，唯有那雙眼睛永遠清澈、善良，不因任何事而改變。

顧熠帶著兩個孩子坐在臺下，微笑看著臺上的妻子。

什麼都不需要說，那是相愛的兩個人，才能有的默契和信任。

兩人隔空對視，許久，蘇漾終於開始說話。

「我不知道，自己是怎麼站在這裡的。我依稀記得，昨天我才從山區回來，早上吃了一碗麵條，坐著小汽車，就來到了這裡。我現在想對我的閨蜜說一句話：石媛，我的小目標，完成了！」

說完，蘇漾清咳兩聲，恢復嚴肅的表情，「很多人恭喜我，可我卻不覺得這是獎勵，在我心裡，這是責任。是一個建築師最大的責任，全社會、全世界的責任，在座每個人的責任。」蘇漾說著，笑了笑，「今後我會繼續堅持我做建築的原則，窮極一生，在所不辭。」

臺下響起如雷的掌聲，許久都沒有停下。

蘇漾握著麥克風，臉上帶著溫婉而深情的笑意。

「感謝我的丈夫，在我人生最迷茫的時候娶了我。我有一段時期很萎靡，都是靠他養我。後來我去山區做建築，他依然支持我。他用他的一切，成就了我最單純的建築夢。」

蘇漾說著，漸漸哽咽，專注的目光，落在臺下顧熠的身上。

「我們結婚這麼多年，我是不是很少說這句話？」

她微微歪著腦袋，一字一頓地說：

「顧熠，我愛你。」

——《建築師今天戀愛了嗎？》正文完——

番外

愚人碼頭

石媛畢業後，在美國徬徨生活過一陣子，然而找工作頻頻受挫，她買了機票決定回國。

當時她有一個男朋友，對於她即將離開美國，幾乎沒有任何表示。

在一起也有一兩年，是她在美國交往最久的一任男友，說是男女朋友，同住在一個屋簷下，卻只像個分房租的室友。天亮了去上學、打工，天黑了回來睡覺。很少交流，偶爾說話，不是因為房租和帳單，就是因為需求。

石媛從來沒有問過他關於愛這個問題，因為她很怕他會反問她。

那對話想想就覺得太過殘忍，所以乾脆不問。

為什麼會和他在一起？想當初，她也曾對他有過悸動。

那時候她從一份華人報紙的工作上被人擠下來，不得不換工作，在二十四小時營業的便利店打工，做收銀員，因為對系統操作不熟悉，經常對錯帳，客人加油刷信用卡，她好幾次忘記請客人在票根上簽字，還有國外盛產的青少年，十二歲到十六歲，完全瘋狂的年齡，神來了都管不住的人種。有時候突然一群人進來，一人搶幾樣，不付錢就衝出去了，作為華裔留學生，不敢和這些白人小孩槓上，多半是自認倒楣。做了兩週，那個便利店的華人老闆非常生氣，只發給她十七美元的薪資。

這件事在她的朋友圈被傳為最神奇的笑話。

第二天，她和她的老闆攤牌，打算辭職，但老闆要晚上才能過來，她一個人看店。下午生意最慘澹的時候，青少年又來搶劫，面對被弄得七零八落的貨架，石媛趴在貨架上就哭了。

那應該是自她去美國以來，最無助的時候吧。

然後，他出現了。

石媛哭得不能自已，他默默幫她把地上的貨品撿起來，按照標價重新排好。他對石媛說：「這種值大夜班的工作不適合女孩子，如果妳不嫌棄，我幫妳介紹一個兼職工作吧。」

「……」

那時候，石媛幾乎以為自己遇見愛情了。

石媛離開美國那天，他破天荒不上課不打工，開著他那輛雷諾送她去機場，路上，他突然笑笑說：「如果我希望妳不要走，妳會留下嗎？」

那時候他已經在美國攻讀博士，於情於理，都將有一個錦繡前程。石媛讀完碩士，和他交往，一起努力留下，或者一起回國去大城市闖蕩，這並非不可能的事。

想想和他在一起的這一兩年，石媛竟然覺得有幾分唏噓，她閉上眼睛靠著車窗，許久，輕笑著說：「別鬧了。」

石媛下車的時候，他突然上前緊緊抱住了她。

她也不記得他們擁抱了多久，等他終於放開她，兩人都鬆了一口氣。

他說：「很多時候我覺得，我只是擁有妳的人，卻從來沒有擁有過妳的心。」

石媛笑：「我的心給了吳彥祖，早沒啦。」

離開前，他送了石媛一只手錶，卡地亞的藍氣球系列。石媛去專賣店試過一次，挺喜歡的，但是價格稍貴，猶豫半天，最後沒有買。

不過是隨便逛逛，他居然還記得，石媛感到意外。

石媛抱著紅色的錶盒，提著行李進了候機大廳。

全程沒有回頭，只有眼淚靜靜滑落。

石媛剛回國的那一陣子，沒有通知任何人，因為找工作沒有想像中順利。接連換了兩份工作，石媛終於得到理想的 offer。

那天晚上她喝得酩酊大醉，在美國那幾年，各種壓力讓她愛上喝酒，之後時不時就會覺得酒饞。她也不知道自己為什麼會變成這樣的人。

找到了理想的工作，石媛才終於敢和蘇漾聯繫。

她去X城的時候，曾經趁蘇漾上課的空檔，跑去看了蘇漾的作品——茶杯。

在大師建築裡，蘇漾並不算多顯眼。以現代建築窗明几淨的風格來說，蘇漾的建築可以說是有些「髒」的，她喜歡用瓦爿這一類的回收材料，可是很弔詭的是，比起那種「乾淨建築」的突出顯眼，蘇漾的「髒」建築，反而更能和周圍的環境結合，一點都沒有違和感。遠看她的建築，並不會覺得多有美感，走近了，才能感受到那種讓人驟然沉靜的力量。

她的設計一點都不浮躁，就像她的人一樣，從來不會樹立太長遠的目標，只是做好眼前的事。

蘇漾從X城殺回N城，因為這麼多年對山水園林建築的研究，很快在青年建築師裡，找到一席之地。

她的華麗轉身，讓石媛備感壓力。

不知道為什麼，這麼多年，她在蘇漾面前，始終有幾分自卑。

美國常春藤大學的建築碩士，打扮時尚，工作也比較理想，明明在外人眼裡，她是更成功的那一個。

她在N城的大型建築設計院裡，和全國、全世界的名牌畢業生PK，和最頂尖的建築界大師學習，她以為自己很快能嶄露頭角，可是現實就像一盆冷水。無休無止的加班，按資排輩的分配，永遠不滿意的甲方……

石媛的建築夢在這種瑣碎又看不到盡頭的日子裡，漸漸被揉得粉碎。

當然，這些話她從來沒有對蘇漾說過。

石媛是個極其要面子的人，她永遠都不想被人看見自己脆弱的一面。

家人對她能不能成為偉大的建築師並不在意，父母每天打電話給她，第一句就是：「妳怎麼還不談戀愛？」

他們把家裡養得狗拉去配種，都要對她感慨一句：「狗都配種了，妳還沒有。」

在家人的疲勞轟炸之下，事業沒有起色的焦慮反倒被沖淡了。

她的生活除了加班就是相親，大約有半年的時間，她幾乎把N城的咖啡廳都跑了一遍。

逃避相親的藉口，從一開始的家裡瓦斯漏氣，到後來乾脆找蘇漾冒名頂替，隨著時間過去，她對找男人這件事，真的已經徹底失去信心。

其實起初她並不討厭相親，相親只是一種擴大社交圈的手段。

可是相親場上那種現實到殘酷的對話，扼殺了她對愛情的最後一絲幻想。

明明應該為了愛情結婚，可是一男一女坐在一起，像談生意一樣聊著人生大事，你告訴我你的房子市值多少，我告訴你我的車子買了幾年，彼此說一說薪資，大家心裡有數，回去各自權衡。

到最後，自己都有點迷失了。這到底是來找丈夫，還是找個婚姻合作夥伴？

週末，石媛又去相親。相完親，彼此興趣缺缺，男人「有事」先走，石媛倒是不疾不徐地留下來吃了個飯。

她點了一份黑胡椒牛排，談不上好吃，果腹都嫌粗糙，但是石媛已經不是多年前那個挑剔刻薄的石媛，如今她對於所有不適應的事，都能很快適應。

「學姐？」

石媛正切著牛排，一個看起來很秀氣的年輕女人走了過來。

石媛快速搜尋記憶，終於想起眼前的女人，是N大的學妹。

「妳好。」對於許久不見的人，石媛總是有些尷尬。

學妹一個人過來，見石媛一個人，很自然坐了下來，「學姐一個人來吃飯？」說完，她看見面前的咖啡，一拍額頭，「看來是有人一起？」

「沒關係，人已經走了。」

學妹笑嘻嘻地說，「我剛過來訂了餐點，現在等我老公來接我。」說完又問石媛，「學姐呢？結婚了嗎？」

石媛笑：「配得上我的人還沒出現。」

學妹對於石媛這種開玩笑的語氣已經習慣：「聽說學姐後來去了美國，果然國外就是不一樣，學姐現在變得好時尚。」

「哪裡，都是化妝的功勞。」

「我馬上要舉辦婚禮了，我請了蘇漾學姐，學姐也一起來吧。」

「誒？」石媛愣了一下，然後客氣地說，「好啊。」

石媛看了一眼手上的藍氣球手錶：「時間不早了，我先走了。」

學妹看著石媛：「這麼快？再等一下吧？我老公馬上就要來了，讓他順便送送妳。」

石媛想著和這個不熟的學妹寒暄已經如此痛苦，再來個學妹的老公，簡直跟凌遲差不多，趕緊婉拒：「不用不用，我自己開車。」

「那好吧，學姐路上小心。」

過了一段時間，石媛幾乎已經忘記這件事，是蘇漾接到學妹的請帖後，順便通知石媛，說是學妹要她們一起參加。

學妹婚禮那天，石媛有個很重要的會議，想想也不是很熟悉的人，就沒去，只請蘇漾幫忙帶了個紅包。

婚禮當晚，石媛加完班，蘇漾破天荒跑來接她，讓累成狗的石媛滿臉興奮。

「哎呦，這是誰啊？不是我們蘇大建築師嗎？居然有空來接我，我何德何能，一定是上輩子拯救了銀河系。」

面對石媛長串的揶揄，蘇漾只是看了她一眼，欲言又止，最後笑笑說：「沒吃飽，過來找妳吃宵夜。」

石媛前陣子胖了一些，所以正在嚴格減肥中，立刻回絕蘇漾：「我最近在減肥，宵夜罪孽深重。」

蘇漾撇嘴：「這麼瘦了還減什麼肥？」

「追求完美嘛。」石媛對自己的嚴苛是全方位的，說不吃就不吃，「我今天開車來，送妳回家。」

蘇漾看了石媛一眼，點了點頭。

石媛的車停在地下停車場，下班太晚，停車場裡幾乎沒人，兩人的鞋子在地上走著，發出喀啦喀啦的聲音。

石媛轉著車鑰匙，隨口問道：「今天的婚禮怎麼樣？學妹的老公帥不帥？人怎麼樣？」

「還行。」

蘇漾有些心不在焉，石媛推了推她：「沒有照片嗎？給我看看啊，好歹我也送了紅包。」

「我沒拍。」

石媛睨了蘇漾一眼，「妳真的是，完全不像現代人。」說完，石媛想起學妹加了她好友，趕緊拿出手機，「學妹剛才好像加我好友了，大概是我送了紅包她有點不好意思，說以後我結婚一定要發喜帖給她。她肯定發了圖。」

學妹加石媛的時候，石媛正在加班，還來不及看。

「別……」

停車場的訊號不好，等很久終於點開學妹的社群，她發了許多圖，配上長而感人的文字。即便是小圖，石媛也能認出照片上的人。

臉上的笑容，瞬間凝固。

原本她只想隨便看看，這下子卻怎麼也控制不住自己的雙手。訊號那麼差，每一張照片下載原圖都要載很久，她卻異常有耐心，一張一張地放大，一張一張地看。

看完照片，石媛意味深長地看了蘇漾一眼：「怪不得妳突然跑過來，原來是他結婚了。」

蘇漾的表情有些不知所措：「石媛……」

石媛收起手機，突然笑呵呵地對蘇漾說：「我覺得人有時候也不能太自律，其實我現在挺餓的，還是去吃宵夜吧。」

那天晚上，石媛幾乎拋卻了自己全部的驕傲，在蘇漾面前縱情述說著自己人生的失敗和挫折。

她不記得自己喝了多少酒，只覺得好像怎麼喝都不會醉。

這麼多年，如果說有哪個男人能讓她記在心裡，那大概只有羅冬一個。

在一起的那一年，她幾乎把自己的一切都赤裸裸地展示在他面前。

兩個一窮二白的年輕人，除了愛情，還能談什麼？

她像一般的女孩一樣，全身心投入，把自己能獻上的東西，最美好的東西都給了他。

那時他們那麼要好，好到石媛甚至想立刻和他結婚。

然而愛情越是純粹，生活的打擊越重。

臨近畢業，各種現實的考量出現在她面前。

羅冬簡單、體貼，卻沒有野心，工作能力也很一般。以石媛對未來生活的期許，他幾乎不可能企及。

兩人的想法出現鴻溝，石媛收到國外的錄取通知時，兩人已經吵到彼此都有些疲憊。分手之後，石媛也和羅冬一樣哭得死去活來，可是一切已無法挽回。

宿醉很可怕。

石媛一個人坐在捷運裡，不知道哪裡透進來的風，吹拂著她有些凌亂的頭髮。

石媛拿出手機，再次點開學妹的社群。放大了照片，看著曾經熟悉萬分的男人，如今被別的女人挽著手臂，走入婚姻的殿堂。

腦中一閃而過的，是當年他青澀地抱著她，語氣溫存：「石媛，小石，小媛，媛媛……」

他用各種方式組合，叫喚著她的名字。

她羞怯地捶他胸口：「叫魂啊？」

他溫熱的呼吸落在她頭頂：「等妳畢業了，我們結婚好不好？」

石媛耳朵一紅，啐他：「想得美，我才不和你結婚。」

「我想過了，如果妳不和我結婚，我就不結婚，守著妳，看看是哪個男人娶妳。」

石媛從他懷裡坐起，瞪著眼睛說：「怎麼？你這是得不到就要毀掉啊？」

羅冬笑：「不，我要看看是哪個男人娶妳，然後去求他，求他把妳還給我，離開妳，我也活不下去。」

石媛以為自己早就忘了，原來有些事情，越是刻意去忘記，記得越是清晰。

往事破碎，內心痛到一定程度，竟然會變得麻木。

很久以前，她逛網路論壇，看到一個失戀的女孩寫道：『如果不能和你結婚，那麼和誰結婚，又有什麼不同？』

石媛想：是啊，和誰結婚，又有什麼不同？

◆

那天之後，石媛又回到自己的軌道。她得承認，那是她人生最苦最難的一段時間，可是生活的步伐卻不能因此停下。

成長，是鈍痛過後自我療癒的漫長過程。

甲方不會因為妳心情不好就不要妳改圖，主管不會因為妳失戀就不分派工作給妳。在這個社會上，心思真的不能太細膩，太過細膩就會感覺到痛苦，而石媛不想痛苦。

蘇漾和石媛多年的朋友，非常擔心石媛的精神狀態，簡直跟心靈導師一樣，動不動就打電話過來。

『怎麼樣，石媛，今天還好嗎？有沒有心情不好？需要垃圾桶嗎？』

她若說：「我真的沒事。」

蘇漾就會說：『別故作堅強，我心疼。』

她若說：「我是有事，但是已經過去了。」

蘇漾立刻說：『怎麼可能那麼容易過去，不然，我陪妳去剪頭髮吧？梁詠琪不是唱了嗎？我已剪斷我的髮，剪掉了牽掛，事實證明，剪頭髮能讓人很快擺脫憂鬱。』

石媛對此真是哭笑不得。

最後忍不住咬牙切齒地說：「我最近倒楣成這樣，就等著涅槃了，妳就別打擾我修仙了，說不定我沒多久就會遇到真命天子！」

石媛剛對蘇漾大放厥詞沒多久，就出事了。

她想，倒楣還在持續累積，涅槃還要繼續等待。

真命天子沒遇見也就罷了，還他媽的遇到個冤家。

這真是背到家了。

那天主管要她去送圖紙，她開著她的車堵了一個多小時才到達目的地。

對方一個電話接著一個電話地催她，她坐在車裡，整個人心浮氣躁到了極點。

她把車停在路邊畫線的停車格裡，剛低頭去拿副駕駛座上的圖紙和電腦，就聽見「砰」一聲，她的車劇烈震動了一下。

石媛左邊的肩膀撞上方向盤，痛得她倒抽一口氣。她一抬頭，就從後照鏡看到一輛本田CR-V的車尾。倒個車也能撞到她的車，讓石媛本來就不怎樣的心情更是雪上加霜。

也顧不上拿東西，石媛三兩下就跳下車，捲起袖子就要和後面那輛車理論。這本田車的車主也是夠厲害了，撞了車也不下來，車窗緊閉，坐在車裡當鴕鳥呢？

石媛氣炸了，「叩叩叩」三下敲在那輛車的車窗上。

駕駛座的車窗終於緩緩降下。

一個年輕的男人，濃眉大眼，鼻梁高挺，長得倒是不錯，他的目光看向別處，專心講著電話，也沒戴藍芽。

「行了，這事沒什麼好說的，到此為止。」他不耐煩地皺了皺眉，「出了個小車禍，要處理，就這樣。」

說完，他終於掛斷電話。

「喂！」石媛沒好氣地喊他。

那個男人慢慢抬起頭來，高挺的鼻梁上有一節骨骼凸出，粗獷中帶著幾分男人味，黑白分明的眸子迸發男子的霸氣，一身黑色夾克，穿著隨意，卻不影響他的英俊。

他緊抿著雙唇，看了石媛一眼，半晌，終於打開車門。

他從車裡出來，站在石媛面前。石媛看著他的視角，驟然從俯視變成仰視。

「不好意思。」男人說，「不小心撞了妳的車。」

石媛終於回過神，叉著腰，沒好氣地說：「你會開車嗎？一邊倒車還一邊講電話？你炫技啊？」

那男人看起來也不是好脾氣的人，說話的口吻比較冷硬：「叫交警來處理吧，我打電話給我的保險公司，安排妳修車。」

石媛被這個男人冷冰冰的態度澈底氣到，仰起頭大聲道：「你什麼態度啊？這不僅僅是修車的問題好嗎？我現在有事要忙，還得跟你在這裡等交警？而且，我的車送去維修廠，那我就沒車開了！你知道我每天多忙嗎？多需要車嗎？」

男人低頭看著石媛，面對石媛劈里啪啦飆罵也沒有反駁一句話，只從口袋裡拿出錢夾，數了十張鈔票，遞給石媛：「這幾天妳就先叫計程車，這樣行了嗎？」

石媛原本也不是為了要他賠錢，最主要是她很不爽，需要抱怨幾句，發洩情緒。沒想到這個男人是個混蛋，撞了人的車就算了，還用這種態度拿錢砸人。

男人見石媛不接錢，微微皺眉：「怎麼？不要？」

石媛冷笑兩聲，提高嗓音：「嫌少！」

男人沉默了兩秒，再看向石媛，眼神意味深長：「獅子大開口？」

石媛冷哼一聲：「不行嗎？」

男人聽到這裡，嘴角突然浮現一絲笑意。石媛不接他的錢，他也不覺得尷尬，直接將錢收口袋。

石媛皺眉：「什麼意思？沒錢就……」

石媛的「別打腫臉充胖子」還沒說出口，耳邊就傳來男人輕佻的聲音。

「錢我沒有，這幾天，我就委屈點，每天接送妳吧。」

車送去修，一連好幾天都很不方便，想到撞她車的混蛋，石媛就一肚子火。本來就手忙腳亂，又遇到蘇漾和顧熠吵架，顧熠一個高高在上的大男人，為了哄女朋友，來找她幫忙。

事後，蘇漾抱怨她通敵賣國，一頓狠批。石媛看她那副得了便宜還賣乖的樣子，感慨道：「妳知道多少人垂涎顧熠嗎？妳還不要？想想我一直以顧熠為人生目標，怎麼就沒想到以嫁給顧熠為目標？那不是皆大歡喜，什麼都解決了？」

蘇漾看著石媛那恍然大悟的表情，微微聳肩：「歡迎去追。」

石媛啐她，「呿，『朋友夫，不可擼』。」她頓了頓，「這是我做人的原則。」

一句話，讓蘇漾笑得快要死掉。

蘇漾就好似人生贏家，男朋友也那麼好，相比之下，她石媛不僅沒有男朋友，還倒楣，幾次三番遇到撞她車的臭男人。

主管新分派下來一個專案，和一個很老牌的建築工程公司合作。由於對方的體制背景，據說所有接洽的人員都是上了年紀的老男人，倚老賣老，十分難溝通。主管對他們很是頭痛，選來選去，最後派了石媛去。他理所當然地認為，女人和那幫老骨頭溝通，稍微能順利一些。

石媛對這個工作並不滿意，但是主管要她去，她怎敢不去？

石媛以為要談判，穿得很正式，還化了個精緻的妝容。

結果對方安排石媛去工地，由工程隊帶石媛參觀現場和工程進度。

石媛拎著安全帽，和對方的土建工程師見面。

一群灰撲撲、戴著黃色安全帽的人浩浩蕩蕩走過來，石媛挺直了背脊準備迎戰。

帶石媛來的工程負責人，笑瞇瞇地先介紹了石媛：「這是建院的設計師，石媛，難得有美女啊。」

說完，他指著眾人簇擁之下，站在最中間的那個高大男人，「我們主管聽說你們的設計團隊比較年輕，怕不好溝通，派了我們最年輕、最帥的工程師。這是石坤。」他笑笑說，「真巧，你們還同姓，以後這工程就交給你們了。」

石媛一看見石坤，就臉色微變。

他一身髒兮兮的裝束，和工頭差不多，沒想到居然是做土木工程的。想想近來和他之間的不愉快，心中微微鄙夷。

見石媛一言不發，表情有些微妙，那位負責人稍微驚詫：「怎麼？你們認識？」

石媛輕睨了石坤一眼，冷淡回答：「不認識。」

十分公式化地打過招呼後，石坤跟著施工的人回到工地。

石媛走後，同事們還在議論石媛：「石坤就是好狗運，每次做工程，專案裡總有美女。」

說完，另一個同事也抱怨起來：「我們接觸的設計師都他媽是男的！」

「都是土木狗，命運卻大不同！」

石坤沒說話，淡淡笑笑。

沒想到又遇到那個女人。

前幾天他們在咖啡廳裡那麼鬧了一場，也難怪她今天一副和他有深仇大恨的樣子。

那天他好不容易休假，卻不得不和前女友見面，那女人在準備結婚的時候和前男友約砲，作為一個男人，沒有動手已經很有風度了。要和好，或者「賠償」，那是不可能的。耳邊是前女友嬌滴滴的聲音，從乞求原諒到撕破臉皮，石坤對這個戲精一樣的女人已然厭倦。

視線一偏，落在旁邊的柱子上。柱子上貼著如同鏡子一般的玻璃，他能清楚從鏡子裡看到石媛。她低著頭偷聽他說話，一邊聽一邊笑，手上有一下沒一下地戳著杯子裡的檸檬片。

他忍不住多看了一眼。

和那個胡攪蠻纏的女人澈底決裂之後，他笑瞇瞇走到石媛桌邊，喝光了她的那杯冰鎮檸檬紅茶。

冰塊融化了，依然很解暑，檸檬片被她戳爛了，好像酸到骨頭裡去了。

工作壓力大，石媛有空就會和同事去酒吧裡喝喝酒，跳跳舞。

她對這種紙醉金迷的都市生活並不排斥，人有時候壓抑太久，就會很渴望能有一個場合盡情放縱。

她倒是沒想到會在酒吧碰到石坤，站在角落抽菸，一臉生人勿近的表情。

他的頭髮梳得很有型，襯得他本就英俊的五官更加耀目。脫下那一身髒兮兮的工作服，換上一身黑色休閒西裝外套，倒是有幾分氣質。寬肩窄臀，胸前緊實，秀色可餐。

如果沒有那麼多孽緣，他確實是石媛會喜歡的類型。

石媛雙手環胸，探究地看著那個男人。不管怎麼看，他的氣質都不像是會泡吧的人。

兩人在走道上狹路相逢，他一眼就看到石媛，濃妝豔抹，修身短裙，微微皺眉：「和誰一起來的？」

石媛嘴角勾起一絲笑意：「工頭也來夜店嗨？」

兩人雞同鴨講的對話還沒進行下去，幾個男人便走了過來，都是工程專案裡的人。他們自然認得石媛，十分客氣地說：「今天石工生日，我們帶他來放鬆一下，石小姐一起嗎？」

石媛看了石坤一眼，敬謝不敏：「不用了，你們玩。」

石媛一整晚都有些心不在焉，喝了些小酒，不到十二點，就因為興致缺缺和同事道別，準備回家。

從酒吧走出來，準備去叫計程車，身旁跟了一個酒氣熏天的男人。對方從電梯裡就一直貼得很近，以一種讓人很不舒服的距離跟著石媛。

石媛每次回頭看他，他都是一臉猥瑣的笑意。

石媛手上握著手機，恨不得把手機砸到那男人的頭上。

她皺著眉頭不再看那男人，急著叫車離開，誰知那人變本加厲，石媛一轉身，他立刻壯起膽子，猥瑣地拍了一下石媛的屁股。

「美女，今晚有空嗎？」

「美你個頭……」

石媛氣急，一轉身，手機正要砸過去，卻有個高大的身影，先她一步，將那個猥瑣男一拳打飛。

石媛頭也沒抬，看衣服就知道來人是誰了。

她畫得精緻的眉毛微微一挑，倒也不生氣了，只是嘲笑地上的男人：「哎呀，好弱，連工頭都打不過。」

石坤見石媛踩著高跟鞋，搖搖晃晃的，直接將她往身前一攬，眉頭微蹙：「瘋女人。」

下了計程車，石坤架著石媛往社區走去，又從她包包裡掏出門禁卡和鑰匙，一路護送。

石媛像水蛭一樣貼著石坤，修長的手指在他胸前畫來畫去。

「你知道嗎？」石媛笑得嫵媚，帶著幾分勾引的意味，「我從小就崇拜強者，最喜歡為我打架的男人。」

走出電梯，她掛在石坤身上，石坤開著她家的門，她的手已經去解他外套的鈕釦，冰涼地探了進去，直貼上他火熱的皮膚。

石媛修身的裙子勾勒出凹凸有致的線條，身上帶著不知名的香水味道，若有似無，勾得人心頭癢癢的。

門一打開，石媛突然把石坤往門上一推。

她輕佻一笑：「小夥子，要進來嗎？」

眼波流轉，語氣充滿暗示。

石坤一開始還推開石媛，到後來被她撩得忍無可忍，他要是還能做柳下惠，只能說他不是個男人。

他粗魯地把石媛往後一推，將她的裙子用力往上一推，卡在她纖細的腰肢上。

兩人的呼吸都變得粗重。

屋內沒有開燈，曖昧的喘息聲從玄關一路進到房間裡。

石媛不得不承認，女人和男人一樣好色。

身上的男人雖然哪裡都不對她的胃口，可是這身材，實在勾人欲望。

他拉扯著她的衣裙，她也急迫地想要脫掉他身上礙事的襯衫。手掌覆上去能感受到緊實的肌肉，想必布料之下，是秀色可餐的陽剛肉體。

她半抬起身子，想去解他的釦子，卻被他用力按了下去，完全不給她一絲一毫的主導權，霸道得讓人牙癢癢。

他嘴角帶著一絲佞笑，隨手拉下拉鍊，褲子都沒有脫，就直接往前一挺，與她合為一體。

她白皙的雙腿勾著他緊實的腰，他褲子上金屬的皮帶釦環隨著他的動作，打在她股間，又痛又冰，她嚶嚀著要他放開，他卻更用力地將她壓進床裡，每一下都彷彿要把她的靈魂撞出體外，她幾乎無力招架……

石坤難得睡了個好覺。

果然，女人能最快讓男人從失意中走出來，想想昨夜的瘋狂，石坤用手耙了耙自己的頭，只覺身上又酥又爽。

他第一次在單身女人家裡過夜，穿好衣服起身，本來該去上班，卻忍不住好奇，在她家小小參觀了一下。

公寓不大，內部的擺設很有品味，果然是設計師，到處都有巧妙的設計。完全沒有男人的痕跡，和她的人一樣，強悍得彷彿誰都不放在眼裡。

他對石媛也算有一些了解，美國回來的海歸，各方面都很優秀，算是個女學霸，工作態度一絲不苟，在N城，算是非常優質的「白骨精」，也就是所謂的白領、骨幹、菁英。自她接手這個工程，已經有好幾個同事試圖追求她，但是這個女人，驕傲得像孔雀，對誰都是不屑一顧的樣子。

不得不說，睡到這個女人，讓他內心有一絲成就感。

離開石媛家，他隨手招了輛計程車去上班，付錢的時候，他拿出外套裡的錢夾，突然發現裡面的百元鈔票明顯厚了許多。

他皺著眉一數，不多不少，正好多了一千塊錢。

很明顯，是那個叫石媛的女人幹的好事。

石坤的臉色迅速黑了。

石媛今天還能準時上班，都要歸功於她強大的意志力。身體像被拆開重組過一樣，到處都痠痛無比。

那個男人實在可怕，簡直像沒見過女人，毫不溫柔，把男人體力上的優勢發揮到極致，完全掌握主導權，不給她一絲一毫喘息的機會。

以一種粗魯的方式開始，最後卻又極盡折磨。

他在她興致最高的時候，突然從她體內退出，以誘惑的口吻問她：「想要嗎？」

她不安地扭動身體，睜開迷離的眼睛看著他，催促道：「快點。」

他卻是不疾不徐：「想要嗎？」

石媛最不服輸，欲望迅速冷卻，她冷冷看著他：「不做，就穿上褲子滾蛋。」

「妳告訴我，怎麼滾？」他眼底的欲望不加掩飾，「是這樣嗎？」

說著，他突然又俯下身子衝了進去，從那之後，便許久沒有停下來。

不知道為什麼，也許是她辣椒一樣的脾氣對了他的胃口，又或是兩人都飢渴許久，總之，瘋狂至極。

石媛對這一夜感到害怕，卻又難以忘懷。

不得不說，女人真是矛盾的動物。

她早上酒醒的時候，石坤還沒有醒來。

看著原本只有她一個人的雙人床上，多了一個人高馬大的男人，石媛竟然覺得有些奇妙。

興許是太久沒有男人了，石媛竟不知道該如何面對他。

成年男女之間的關係，最容易萌芽於床上，最容易結束的地方，也是在床上。

她拍了拍自己的臉頰，告訴自己不能太好色，有些男人，睡過一次就行了，睡多了，麻煩就來了。

到了下班時間，石媛背著包包下樓。同事突然十萬火急地打了一通電話給石媛，說她有訪客，在大廳等她。

走到樓下，見到來人，石媛竟然有種心虛的感覺。

石坤換了一身衣服，休閒的夾克外套，配上沒什麼特色的牛仔褲，脖子上還帶著她昨夜發瘋留下的紅痕。

男人臉上帶著幾分調戲的笑意：「下班了？去哪裡？」

下班時間，大廳滿是往外走的人潮，石媛面色有些尷尬，看了石坤一眼，生硬地問：「你來這裡幹什麼？」

石坤的雙手插在口袋裡，表情理所當然：「追妳。」

石媛心裡撲通一跳，立刻嚴肅地說：「別鬧了，都是成年人，你應該懂規則。」

石坤微微低頭，漫不經心地掃了石媛一眼：「我為什麼不能追妳？」

石媛苦惱地撇頭，半晌才回答：「我不喜歡野蠻人，我交過的男朋友都是斯文型的。」

石坤的表情終於有了一絲變化。

「昨天晚上，妳似乎不是這麼說的。」石坤冷冷一勾嘴角，「妳說妳崇拜強者，喜歡為妳打架的男人。」

「那是因為我想上你。」石媛看了他一眼，「傻子。」

睡了不該睡的男人，後患無窮。

石媛這人，嘴巴雖然厲害，但是「成年人的遊戲」她其實根本沒玩過。

結果第一次玩就翻車，這運氣也是背到家了。

石坤這個男人真是可怕，被耍了，當下也不生氣，石媛以為這件事就這樣過去了，他卻展開陰暗的報復。

幾次三番在工作上找石媛的麻煩，他們是甲方，石媛又不能和他們硬碰硬，只能耐著性子，一天往石坤那邊跑N次，和石坤簡直就快朝夕相處了。

近來別說是去夜店放鬆，她連吃飯都沒什麼時間，基本上就是和石坤一起吃便當果腹。抬頭是他那張脾氣不怎麼好的臉，低頭還是他那張脾氣不怎麼好的臉。

他這是有意的，還是故意的？

石媛忍無可忍，拉著石坤，沒好氣地攤牌：「我告訴你，石坤，你這樣真的太過分，我們私底下的問題，不應該帶到工作裡來。人要有基本的職業道德！」

石坤面對石媛的憤懣，倒是一點情緒都沒有，淡淡瞥了她一眼，反問：「我們私底下有什麼問題？」

石媛被他的明知故問氣到，不和他玩了，拿起包包，氣鼓鼓地就走：「石坤，算你狠，我他媽的要是再任你擺布，我就跟你姓！」

比起石媛的歇斯底里，石坤始終淡定自若。

「妳本來就跟我姓。」

石媛很少違逆主管的意思，本來以為要退出石坤那邊的工程，會費上一番脣舌，沒想到她編了一肚子的理由，居然都沒用上，她稍微一提，主管居然很爽快就答應了，還力挺她道：「小石以前從來沒有叫過累，這次居然這麼堅決要退出，一定是對方不好對付，沒關係，我換個人去負責。」

石媛想了想，立刻添油加醋道：「我覺得楊工不錯，他的脾氣，對付這樣的甲方，很有一套。」

楊工是他們院裡出名的老GAY，花蝴蝶，就好石坤那一口，手段又多，據說，天下沒有他扳不彎的直男。就算不能和石坤一拍即合，也能讓石坤少煩她幾天。

她這如意算盤，敲得挺響。

楊工接手專案以後，倒是和石坤那邊相處得極為融洽。他就如石媛所料，一眼就看上石坤，回來以後多次感謝石媛，說是很久沒有見到這樣的好貨，一頭就栽了進去，對石坤展開熱烈的追求。

在那之後，石坤還真的就沒有再找過石媛了。

石媛對此有些驚異，石坤他，該不會真的被楊工那個小騷貨給扳彎了吧？

這明明是石媛想要的結果，她卻不知道自己是怎麼回事，他不找她，她卻一直想著他，白天想，夜裡也想，簡直跟著魔了一樣。

這樣的狀態讓石媛意識到不對勁，她怎麼能一直想著那個男人？明明也沒有什麼關係不是嗎？

難不成真的像張愛玲在〈色．戒〉裡寫的那樣？通往女人心的路是陰道？

石媛感到害怕，立刻警覺起來，把從前拒絕的那些相親照片都翻了出來，還發了訊息給自家老媽姑媽姨媽：

『您那些什麼兒子姪子同學的孩子，隨便介紹，我來者不拒。』

雖然石媛好不容易開了竅，讓家裡的長輩非常欣慰。但他們又不是拉皮條的，相親也不是說有就有，安排也需要時間。

週末，石媛沒有相親，唯一一場約會，是她美國那個前男友，來N城出差，約她見面。

石媛考慮了很久，最後還是打扮了一下去赴約。

回國後，忙碌的生活節奏，讓石媛幾乎快要忘了美國那幾年的愛與恨。

看著眼前許久不見的舊人，竟然覺得感慨萬分。

音響裡播放著戴佩妮的〈街角的祝福〉，憂傷抒情，渲染著兩人之間略顯微妙的氣氛。

他的外貌氣質沒有什麼變化，依舊沉靜斯文，合身的西裝，襯托他出眾的學術清雋氣質。石媛忍不住拿他和石坤那個野蠻人比較，只覺得石坤哪裡都比不上人家。

她偏著頭看著他，心裡想著：嗯，看來我的審美觀還是正常的。

寒暄過後，他微微抿脣笑了笑，彷彿朋友一樣，自然地問她：「妳還在建築業嗎？」

石媛點頭：「別的我也不會。」

他「嗯」了一聲：「我這次回國，就不回美國了。」

「啊？」石媛有些意外，當年他拚命深造，就是為了移民美國，「為什麼？你再繼續研究下去，應該就能拿到永久居留了吧？」

「想回來，就回來了。」他撥弄著面前的杯碟，漫不經心地問，「妳談戀愛了嗎？」

「蛤？怎麼了？」沒想到他會問這個問題，一時有些尷尬。

他抬起頭，淡淡掃了石媛一眼，眼眉中隱約帶著幾分在意，他頓了頓，問道：「如果，我想把妳追回來，妳說，我還有希望嗎？」

石媛頭皮有些發麻，她不是那種情場老手，不善於面對這樣的場面。原本她每天都戴著他送的那只藍氣球手錶，手指下意識地摸了上去，手腕上竟空空蕩蕩，是從哪天開始，她不再戴那只手錶了呢？

「怎麼會突然有這麼荒謬的想法？」石媛笑著，「這個玩笑不好笑。」

他抿唇笑了笑，眸中閃過一絲後悔：「之前妳在身邊，沒事找事，耍小脾氣，能力也很一般，我很累了，妳還要和我吵鬧，我覺得有些煩。後來妳說要走，我才發現，原來我已經把妳看作我生命的一個部分，因為太理所當然，所以不懂得珍惜。」

想想兩人後來相敬如「冰」的同居生活，石媛還是第一次聽到他內心的想法，不知道為什麼，竟然覺得很釋然。

她啜了一口咖啡，奶泡黏在嘴唇上，她下意識地舔了舔：「……那你有沒有想過？如果我們重新在一起，我依然沒事找事，耍小脾氣，能力一般，你累了，我還是會和你吵鬧，那種煩又會回來，你打算怎麼辦？」

「妳走之後，我總是想起妳。」

石媛笑：「你不是喜歡我，你只是不甘心。」

「石媛……」

他正要握上石媛放在桌上的手，石媛身邊的位子突然有人坐了下來。

「砰」的一聲，那人坐上沙發。

來人完全以主人的姿態坐在石媛身邊，屁股一挪，把石媛往裡面擠了擠。

「和誰吃飯呢？」他看了對面的男人一眼，表情略微陰鷙，「相親？」

石媛看著眼前一陣子沒見的石坤，也不知道為什麼，竟莫名有些生悶氣。

她鄙夷地瞪了石坤一眼，怕被誤會，故意喊著：「哥，你來吃飯啊？」

一聲「哥」，把兩人的關係撇得一乾二淨。

卻不想石坤根本不接招，他微微側頭湊近石媛，恬不知恥地說：「妳親戚走了嗎？今晚能去妳家嗎？」

石媛有些茫然，一頭霧水：「哪個親戚？」

石坤壞壞一笑：「每個月一次的那個親戚。」

「……」石媛立刻臉紅如血，趕緊瞪了石坤一眼，以眼神警告他，不要再胡說八道。

本來她不想讓人誤會，可石坤這麼說，是個人都知道他們倆關係不尋常。

坐在石媛對面的，是石媛的前男友，他原本想吃回頭草，卻偏偏遇上石坤來攪局。

雖然石媛也不想和他吃回頭草，但這絕對不代表，她希望被人誤會和石坤的關係。

對方意味深長地看了石媛和石坤一眼，倨傲的個性讓他不再糾纏，最後微笑著說道：

「不早了，你們慢聊，我先走了。」

石媛：「……」

走出那間放著憂傷曲子的店，石媛和石坤吵了一路。

「石坤，你完蛋了，這梁子結大了！你得罪了世界上最可怕的人種——女人，尤其得罪了其中最厲害的人——本小姐！」

石坤面對她的喋喋不休，只是笑笑說了四個字：「歡迎報復。」

把石媛氣得更年期差點提前到來。

石媛退出石坤那個工程專案後，原本以為不會再和他有什麼交集，結果主管又派她和石坤的團隊一起出差。原因是她的語言能力，扎實的專業知識，以及對這個專案非常了解，讓她輕輕鬆鬆脫穎而出。

臨行前，主管語重心長地說：「小石啊，這件事可大可小，墨爾本這個太陽能技術團隊，你一定要好好和他們談合作。他們是世界上首屈一指的研究團隊，這個專案的能源問題就靠這次的談判了。」

石媛雖然不情不願，卻也無可奈何，和石坤一起去了墨爾本。

石媛的實力在這次談判中顯露無遺，石坤的團隊裡原本還有幾個人對她有些不服，都因為她的談判風度，以及幾乎跟母語一樣流利的英語，而對她大為改觀。

在墨爾本的倒數第二天，國外的團隊帶他們去參觀實驗中心，晚上替他們安排的住宿就在實驗中心附近。

環境自然比不上中央商業區的飯店，但是石媛也不是嬌氣的人，一回飯店，洗過澡就躺平了。

半夢半醒間，她的手機響了，是石坤的號碼。

她皺了皺眉，想了想，接了起來。

石坤的聲音低沉而冷靜：「妳來我房間一下，我這邊有點問題。」

石媛想了很久，還是去了石坤的房間。

畢竟人在異鄉，彼此更要相互幫助，萬一他真的有什麼困難呢？

敲了他的房門，他很快就開了門。

他脖子上披著浴巾，赤裸著上半身，肌肉分明，極具男性軀體的美感，此刻他僅著一條四角褲，某處被勾勒得十分明顯。

石媛臉微紅，下意識地移開視線。

「你有什麼事？」

石坤表情自然，用下巴點了點浴室的方向：「淋浴的水龍頭是壞的，水很小，妳幫我打電話和櫃檯說一下。」

石媛嫌棄地看了他一眼：「這都不會說？你外語能力也太爛了吧？」

石坤皺了皺眉：「叫妳打妳就打，哪來那麼多廢話？」

原來就為了這麼點事，這倒讓石媛放鬆警戒，大剌剌地走進房裡：「土包子，電話在哪裡了？」

「喀」一聲，房間的門關上了。

石媛立刻回頭看向石坤，他稍一用力，就將她推上牆壁。

不等石媛反應，他突然用浴巾蓋上石媛的腦袋。

兩人頭靠著頭，在那一小片刻意製造的黑暗中對視。

呼吸相聞，氣氛瞬間曖昧了起來。

石媛的前胸劇烈起伏，雙手下意識地抵在石坤胸口。

「你想幹麼？」

石坤臉上帶著危險的表情：「妳剛叫我什麼？」

石媛哪還敢笑人家土包子？立刻見風轉舵：「石大帥哥。」

看著石媛有些害怕的表情，石坤竟是十分受用的樣子，他低頭在她嘴唇上輕輕一碰，低沉而暗啞地說：「妳這張嘴，一開口就惹人厭，只有一種聲音好聽。」

說著，如狂風驟雨般的激烈親吻，落在石媛的嘴唇上，甚至撞上石媛的門牙，痛得她眼淚都要飆出來了。

他那種力道，說不上溫存，完全是蹂躪。

他把石媛放倒在飯店的床上，直接扯掉她身上的衣服，隨手丟在地上。

她抗拒地推著他，可是他力氣極大，根本推不開。

他一下一下親著她的耳廓，脖頸，在她耳邊一遍一遍喊著她的名字。

她的心就像熨過的衣服，變得柔柔順順。

最初的抵抗變成順從，她想，原來真的有斯德哥爾摩症候群。

見她不再抵抗，石坤的嘴角勾起一絲笑意。

趁著她情動，他粗魯地將她的腿往兩邊壓，開出最大的空間方便他進攻。

那是一種令人窒息的交合，石媛明明想要忍耐，不發出任何一絲聲音，不想為他製造更多快感，可他偏偏就是有那麼多折磨人的手段，讓她難忍地輕吟出聲。

她壓抑的聲音如同嬌嗔，讓他的動作更為劇烈，明明很痛，偏偏又帶著幾分酥麻，那種被人捧上雲端凌遲的奇異感覺，讓石媛幾乎失去理智，只能隨著他的節奏沉淪……

這男人上輩子一定是野獸，他根本不懂得人類那種水乳交融的溫柔，每次在床上都一副要置人於死地的樣子。

驟雨初歇，石媛累得手指都沒力氣。

閉上眼睛，意識開始飄忽。

石坤的手臂微屈，讓她枕在上面，兩人以一種很親暱的姿勢摟靠在一起。

他盡興過後，心情極佳，吻著她的額頭說：「等回國之後，帶妳去見見我奶奶。」

原本都要睡著的石媛，聽到這句話，突然驚醒。

她倏然睜開疲憊的眼睛，一臉驚恐地看著石坤：「你什麼意思？」

石坤反問：「妳說是什麼意思？」

石媛一見他認真，就湧起一絲害怕的情緒。

「那個，怎麼說呢？我現在沒有想要定下來的打算。我和你，哎，我就是覺得你身材還不錯，滿足彼此的需求，你懂嗎？」

一個又一個的男人在她的生命中出現，然而每次到了現實面前都被打敗，她對感情這種東西已經失望了，不願再深入太多，她不想更失望。

「抱歉，」石坤坦蕩與她對視，隨後淡淡一笑，眸光一凜，「我對不感興趣的女人，沒有需求。」

石媛一句話就把石坤惹毛了。

石媛從他身上，算是見識到什麼叫「拔×無情」。

回國後，石媛收到一千零一元的轉帳，轉帳備註寫著：技術太差，人情價。再看名字，居然是來自石坤那個王八蛋，還故意比石媛給的錢多一塊，把石媛氣得，一衝動就封鎖了他。

石媛封鎖石坤後，心裡多少有一點後悔，畢竟她真的不討厭石坤，甚至有一點點，嗯，可能比一點點更多一點喜歡他。但她又矯情，想著他應該會像之前一樣，過來纏著她。

誰知道在那之後，石坤就跟死了一樣，完全從她的生活裡消失。

墨爾本的團隊來N城，石坤也沒出現，對方指派了另一個土建工程師過來，石媛也不知道怎麼了，從此就一直渾渾噩噩。

石媛其實在感情方面非常缺乏自信，又比較被動。幾次感情失敗，讓她更加不敢陷得太深，每一次全心付出都沒有修成正果，她已經累了。

和石坤，石媛原本是想要澈底放飛自我。可是她發現，這樣的生活並不適合她。她做不到只是維持肉體關係，骨子裡，她渴望著愛情。

偏偏和石坤從肉體開始，讓石媛沒有安全感。一夜情能有真愛嗎？現在他覺得她新鮮，喜歡她，說要正式交往，可如果以後厭倦了，會不會翻舊帳，說她當初風騷、隨便？

這麼想想，石媛就有些後悔。

有些事情就像地雷一樣，不該碰，她卻不知死活地碰了。

她甚至有些分不清，這地雷，到底是一夜情，還是喜歡上石坤？

過了一陣子，老媽和姑媽開始為她安排相親。

好久沒相親，石媛都忘記當初和家人說的話，這是她自己「要求」的，怎麼好拒絕？

其實石媛家裡介紹的相親對家，平心而論，確實都是社會上的菁英，都是高學歷、好工作、樣貌也不差的男人。

可就是沒有一個能入她的眼。

眼前這個男人，比起她之前相親過的「現實」男人，要好相處得多。不談房子、車子、薪資，談喜歡的電影、學生時代的趣事。

兩個人是同屆的，一樣的成長背景，有很多共同的話題。

男人去結帳的時候，石媛坐在位置上，腦子裡不受控制地想起石坤。

那個人脾氣很壞，工作和經濟狀況只能說和她差不多，他們在一起，一點都不是強強聯合。和蘇漾與顧熠的組合相比，實在差得遠。

從理智上來說，她應該找個更好的，比如眼前這個男人。

那天見面之後，石媛沒有再聯繫對方，但是那個男人對石媛有興趣，展開熱烈的追求。

早上八點，他到石媛家樓下，送她去上班。

石媛沒想到他會來，手裡拿著韭菜盒子，那是她的早餐，她知道味道很重，所以上車以後沒有打開塑膠袋。但畢竟車廂空間有限，韭菜的氣味幾乎充斥整個車廂。

正在她考慮要不要丟掉的時候，男人皺了皺眉，大概是忍無可忍，說了一句：「妳覺不覺得，我們身上都是韭菜的味道？」

石媛有些尷尬，說道：「那你停一下車，我扔了吧。」

男人也有些不好意思：「對不起，我真的很不喜歡韭菜。」

丟掉了韭菜盒子，石媛坐回副駕駛座，兩人聊了幾句，卻始終心不在焉。

石媛腦中不知不覺就想起了石坤。

有次和他一起去工地，回程的路上，石媛看到路邊有賣韭菜盒子，就買了一個。那時候她老是和石坤唱反調，故意在他車上吃韭菜盒子。

韭菜的味道充斥整個車廂，本以為會惹怒石坤，結果石坤只是斜睨了石媛一眼，笑瞇瞇地說：「讓我咬一口。」

石媛拒絕，護食架勢十足，他就無賴地趁著等紅燈，野蠻地捏著石媛的手，咬了一口石媛的韭菜盒子，直接咬走了一半，完全沒有一丁點男人的風度。

可是和他在一起，石媛卻感覺非常放鬆。

誰說人不奇怪呢？

那個風度很好的男人，將石媛送到公司。

上班時間，同事們來來往往，對這個陌生的臉孔很是好奇，礙於當事人還在，只能壓著八卦之心，不問石媛。

石媛為了男人丟掉韭菜盒子，男人停好車之後，就去便利店買了個三明治給她。

他氣喘吁吁地把早餐遞給石媛。

石媛看著那個三明治，紛亂了許久的思緒，竟然一下子豁然開朗。

她很真誠地笑了笑，對那個男人說：「對不起，我發現，我還是喜歡韭菜盒子。」

石坤近來因為中途退出中外合作的專案，被主管狠狠罵了一頓。

加班加到很晚，堂妹又跑來找他，這堂妹被寵壞了，讀個大學，生活費老是不夠用，動不動就來找他「借」錢。本來已經很煩，石坤又接到之前專案組的人來電，那人和石坤喝過兩次酒，對石坤稱兄道弟的。

「……兄弟，今天有個長得很帥、開寶馬的男人送石媛上班。你怎麼搞得？上次不是說想追她嗎？兄弟，你頭頂一片草原了啊！」

「……」

掛斷電話，堂妹抱著他的手臂一直晃，撒嬌說：「這次真的是特殊情況，真的是最後一次，相信我。」

石坤皺著眉，不理她，徑直往停車場走去。

他的車停在R一〇八，手上黏著個女孩，走路都變慢了，找了一陣子才找到車。

按下遙控車鎖，停了一天的本田CR-V車燈一亮，驚擾了一直蹲在車邊玩手機的女人。

她被嚇了一跳，彈了起來。她眨著眼睛，就這麼直勾勾地看著石坤和他堂妹，眼中竟然閃過一絲失落。

石坤看著眼前的女人，也不知道她來了多久，穿著漂亮的連身裙，白皙的腿上被蚊子咬了幾個包，看起來傻裡傻氣的。

「石媛？」

石媛盯著眼前那個許久不見的男人，和他身邊黏著的年輕女孩，視線落在那女孩挽著他的手上，無法移開。

頓時好像有一道雷劈中了她，她感覺自己身體變得僵硬，意識也飄忽起來，尤其是心臟，好像麻痺了一樣，半晌都不會跳動了。

許久，胸腔開始彌漫一種難以言喻的鈍痛，她終於想起自己為什麼而來。

喉嚨乾乾的，竟然不知道該說什麼。

只覺得自己突然衝動地過來找他，真是個錯誤的決定，至少她的驕傲不允許。理智漸漸恢復，石媛感到尷尬。

有首歌很能代表她此刻的處境：我應該在車底，不應該在車裡。

石媛露出比哭還難看的笑容，看著石坤，傻傻地說：「好巧，在停車場都能遇見你，哈，哈哈。」

石坤冷著一張臉，那個挽著他的女孩，也疑惑地看著石媛。

石坤一臉洞察的表情：「妳來找我？」

石媛笑笑，趕緊否認：「不是，怎麼會，找你能有什麼事，又不是多熟。」說著，她踏著千斤重的步伐，就要離開。

「出口在右邊。」石坤提醒。

石媛又尷尬地回過頭來，一拍額頭：「哎呀，你看我，標示也沒看清楚。」說完，又往右邊走去。

石媛走了幾步，偷偷回頭。

石坤竟然真的沒有追來，而是把那女孩推進車裡。

他站在駕駛座門邊，卻沒有打開車門。

看著他挺拔而熟悉的背影，石媛也不知道怎麼了，眼眶瞬間被水氣填滿。

石媛不是沒有失戀過，初戀分手的時候，她也曾感受過這種心痛。

想著石坤和她表白的場景，這個脾氣很壞，很直男癌的男人對她溫言軟語。

「以後妳跟我過吧？」

那時候還是驕傲的孔雀，仗著他的喜歡為所欲為：「為什麼啊？我自己過得挺好的。」

石坤皺著眉頭，一臉不耐的表情說：「每天加班，動不動吃垃圾食物，妳一個人根本過不好。」

石媛看著他認真的表情，笑著說：「你憑什麼管我？多管閒事？」

石坤霸道至極：「我還要管妳一輩子。」

石媛故意逗他：「那怎麼辦？你真的不是我喜歡的類型。」

石坤一臉苦惱，半晌妥協道：「我盡量學著斯文一點。」

也許是瘋了吧，她竟然拋下所有的矜持、顧慮、驕傲，跑了回去。

不等石坤回頭，她直接從背後抱住石坤的腰。

一開口說話，聲音忍不住顫抖，「別回頭，」石媛說，「讓我告別。」

石坤後背一僵，沒說話。

「對不起，」石媛的聲音哽咽，「我很任性，封鎖了你。我承認我很矯情，口是心非，有恃無恐，高估了男人的耐心。我不怪你變得快，是我錯過了時機。你想定下來的時候，我還在害怕。我確實是來找你的，我來是想告訴你，我喜歡上你了。」她自嘲地笑了笑，「雖然晚了點，還是想告訴你。」

車裡的女人看著眼前的場面，立刻坐不住了，眼看著她要出來，石坤竟然按下了車鎖。看著那個年輕女人在裡面拍著車窗，石媛心裡極為酸澀。

「謝謝你，為我保留了最後一點自尊。」

說完，她放開石坤。

擦了擦眼眶裡的水氣，吸了吸鼻子，石媛勾起嘴角笑了笑，「你新女朋友真好看，比你前女友好看。」她聳了聳肩，故作輕鬆地說，「那我走了，祝你幸福。」

石媛剛退一步，手臂突然被一股難以抗拒的力道拉了回去。

石坤一言不發，直接將她按倒在 CR-V 上。石媛的後背貼著車門，與石坤的距離近到幾乎臉貼著臉。

她瞪大了眼睛看著他，心想他女朋友還在，他這是要發什麼瘋？

「石坤……」

她軟軟喚了一聲，竟然像開啟了某個開關。

石坤一低頭，重重吻在她的嘴唇上。

脣齒交纏，他的舌頭霸道地在她嘴裡翻攪，她根本無力招架，只能緊緊抓著他的衣服。

也許是瘋了吧，那一刻，她只想跟著他沉淪。

最後，她竟然閉上了眼睛，任由他的氣息將她溺斃。

許久許久，久到石媛以為自己快要窒息的時候，他終於放開了她。

她滿臉緋紅，人也呆呆傻傻的。

石坤高她許多，低著頭用手指戳了一下她的額頭。

「今天送妳上班的，那個開寶馬的男人，是誰？」

石媛一臉傻樣：「什麼？」

「前男友，還是相親的？」石坤一臉不爽，「妳這個女人，怎麼這麼多男人？」

「不是，是家裡安排的相親。」石媛也沒想到問他是怎麼知道的，趕緊解釋，「他突然跑到我家去接我，我已經拒絕他了。」

解釋之後，石媛清醒過來，又覺得有些委屈：「你都談戀愛了，何必問這些？你還是想想怎麼和你女朋友解釋吧。」

石坤看了石媛一眼，右邊的嘴角微微一抬，打開了車鎖。

車窗迅速降下，那個年輕的女孩趴在車窗上，看了那麼香豔的一幕，竟然完全不生氣，還一臉興奮的樣子。

「哥？這是我嫂子啊？」女孩說。

「哥？」石媛一愣，半晌終於反應過來，立刻一臉羞憤，捶了石坤一拳，「你耍我？」

石坤一臉奸計得逞的表情，挑了挑眉：「看來欲擒故縱確實是個好辦法，回頭要好好感謝蘇漾。」

「蘇漾？你們也就碰巧遇過一次，怎麼會……」石媛的臉瞬間黑了，終於想明白是怎麼回事，立刻咬牙切齒，「臭丫頭，居然學會通敵賣國了！」

石坤雙手捏著石媛兩邊的臉頰，輕輕一拉，笑著說，「妳剛才說的話，不止我，我堂妹也聽見了，妳要是再出爾反爾……」他眸光一閃，湊近她耳邊，「我就讓妳下不了床。」

「石坤……你混蛋！」

停車場裡，最後響徹的，是石媛惱羞成怒的吼聲。

後來的後來，石媛幾乎快被石坤氣死。

他不僅沒有學著斯文一點，還變本加厲地坑她。

蘇漾找石媛當伴娘，兩人一起逛街，幫她選伴娘禮服，結果石媛一直覺得不舒服，頻頻反胃。

回到家裡，買了驗孕棒，一驗，果然懷孕了。

石媛想想都生氣，打電話去罵還沒下班的石坤：「要你戴套子你不肯？說你會控制？你控制個屁！我懷孕了！」

石坤聽著石媛氣急敗壞的聲音，竟然在電話那頭爽朗地笑了：「別老發脾氣，以後孩子像妳，多可怕。」

「你還好意思說？」

石坤完全理直氣壯的語氣：「我確實是算著日子在控制的，果然一擊即中，這代表我們身體都很好。」

「……我的建築夢還沒實現，現在懷上孩子，我以後怎麼辦？」

石坤笑：「我養妳。」

石媛鄙夷：「你一個工頭，養得起嗎？」

石坤被石媛鄙視了，卻完全無傷自尊，恬不知恥地說：「妳少吃點，夠胖了，留給孩子吃吧。」

「畜生！！！」

石媛真的有點受不了顧氏夫妻。

她家一個兒子，混世魔王，已經夠難纏了，顧家還動不動把兩個孩子送過來。美其名是讓孩子們培養感情，實際上是他們夫妻平日太忙，偶爾想過兩人世界，就把拖油瓶送走。爺爺奶奶家裡，外婆家裡，石媛家裡，顧雞仔和顧圈圈兩個孩子，簡直像吃百家飯長大的。

每次石媛抱怨，石坤就勸她：「畢竟是兩個對國內建築界有貢獻的大師，妳為他們帶孩子，也算是為建築界貢獻一己之力，妳的建築夢就間接實現了。」

自家老公手臂往外彎，石媛除了打死他，還不是只能打死他？

帶了一天孩子，石媛累得骨頭都要散了，石坤洗完澡，鑽進被子就開始動手動腳。

石媛一腳踢過去，石坤竟準確無誤握住她細細的腳踝，手指微屈，撓了撓她的腳底，她立刻癢得咯咯直笑。

石坤輕車熟路，一個翻身，將她壓在身下，粗糙的大掌自睡衣下襬伸進去，揉捏那饅頭一樣的柔軟。

「最近又在減肥？變小了。」

石媛瞪他：「有就不錯了。」

石坤壞壞一笑，剛要解開褲子直奔主題，房間的門突然被推開。

兩人都沒注意到沒鎖門，在這種擦槍走火的時刻，外面一下子擁進三個不更事的孩子，差點沒把石坤給嚇軟。

兩人慌亂地扣著衣服，隨後從床上爬起來。

沉默對視了一眼，都有些心虛。

自家兒子最大，卻還是畏懼爸媽的威嚴，不敢說話。顧家的兩個孩子稍小，哭哭啼啼地跑到石媛身邊說：「媛阿姨，妳今晚沒講睡前故事，我們三個都睡不著。」

石媛對孩子倒是很有耐心，立刻拿了床頭的故事書：「來了來了，講故事！」

說完，摟著三個孩子離開主臥。

留下欲求不滿的石坤，獨自一人，風中凌亂。

第二天，顧氏夫妻來接孩子。顧熠春風滿面，蘇漾滿臉含春，一看就是過了非常和諧的一夜。

對比起來，石坤的臉色真是難看。

顧熠摟著自家的女兒，撫摸著孩子柔軟的頭髮，一臉有女萬事足的表情：「我們家圈圈乖不乖？」

蘇漾抱著自家的兒子，不好意思地說：「昨天麻煩你們了。」

石媛雖然嘴上抱怨，心裡倒是沒什麼不滿，笑著說：「雞仔和圈圈以後跟著我姓石算了，跟我這麼親。」

一向沒什麼意見的石坤，卻是破天荒地插了一句：「以後你們家的孩子，自己帶。」

石媛見老公說話這麼不客氣，立刻變了臉色：「你說什麼呢？」

蘇漾也有些尷尬，立刻道歉：「不好意思，我們有點太理所當然。」

顧熠見石坤表情有些不對，倒是很淡定，嘴角依舊帶著禮貌的笑容：「抱歉，我們考慮不周，沒想到你們不方便。」

石坤這一次完全沒有顧及面子，直言不諱，「確實不方便。」接著又幽怨地說，「影響我們家生第二胎了！」

石媛想到昨夜的情景，立刻臉紅如血。

顧熠聽完這話，表情立刻放鬆下來：「這樣啊，為了還人情，你看你們哪天需要，把孩子送我們家吧。」

「那就這個週末，黃道吉日，易受孕。」

石媛忍無可忍，河東獅吼：「石坤！你再胡說八道，我打死你！」

談了一場假戀愛

（1）

蘇漾沒靈感的時候會上網逛逛。

顧熠到她辦公室，她正在上網，顧熠看了看螢幕，沒營養的東西，什麼最撩妹的手段。

當時顧熠還沒把人撩上，於是他清了清喉嚨，問道：「妳覺得最撩妹的手段是什麼？」

蘇漾看了顧熠一眼，然後翻出一個答案，敲了敲螢幕：「這種。」

顧熠一看，那是一張截圖，貼文名為：『怎麼開口搭訕比較容易成功。』

下面是王思聰的回覆：『你好，我是王思聰。』

顧熠：「……」

（2）

顧熠追得辛苦，確定關係用了許久。

蘇漾第一次談戀愛，對於男女交往之事沒什麼經驗。

兩人就戀愛之事交換意見。

蘇漾說：「我覺得我們上班待在一起，下班還黏著，很容易就會膩。」

顧熠：「所以？」

蘇漾：「我覺得我們應該保持一些距離，這樣愛情才能保鮮。」

顧熠：「負距離，我覺得可以。」

蘇漾：「……」

（3）

顧熠工作忙，動不動就要出差，年中被派到國外做專案，有幾個月回不了國。

蘇漾工作忙，顧熠每次視訊回國，她都在開會。

好不容易閒下來，滑個手機新聞發現英國倫敦又被襲擊了。

作為女朋友還是很擔心，就發訊息給顧熠：『看新聞倫敦又被襲擊了，你沒事吧？』

過了一陣子，顧熠終於回覆：『蘇丫頭，我在加拿大。』

（4）

兩人戀愛之路也不是很順利，和某人吵架以後，蘇漾想了好幾個小時，終於決定放棄這段戀情。

她很認真地傳了一則訊息。

蘇漾：『我想過了，我們倆還是不太合適，年齡差太多，想法差太多，地位差太多，最重要的是，我覺得你不在乎我。分手吧，這次是認真的，以後你的電話我不會接了，訊息也不回了。』

過了幾秒，對方連發十個紅包，蘇漾點到手軟。

下一秒，顧熠傳來一則訊息：『還要嗎？』

蘇漾：『還有？』

顧熠：『還分手嗎？』

蘇漾：『……不分了。』

（5）

顧熠：「女人就是難懂，特別愛口是心非。」

蘇漾：「比如？」

顧熠：「比如我問妳要不要買什麼，妳都會說不要不要，太貴了，但潛臺詞是『你要是不買給我，就死定了』，還有，妳穿好幾件衣服，要我看哪件最好看，但其實妳根本不是要我選，而是要我說『妳穿什麼都好看』。」

蘇漾：「所以？」

顧熠：「所以妳當年說不喜歡我，我知道，妳心裡已經喜歡到無法自拔。」

蘇漾：「……」

（6）

蘇漾在寢室吃著花生，逛網路商店，看到一則貼文：『哪個瞬間決定要和他在一起？』

一時好奇點進去，差點被閃瞎了眼。

其中最戳心的是讓出西瓜最中間的那一口，還有放鞭砲的時候摀耳朵。

羨慕嫉妒恨的蘇漾在貼文下面回覆：『畢業後男朋友包分配嗎？在哪裡可以申請？』

沒多久，就遇見了顧熠。

很久以後，蘇漾重新找到那則貼文，回覆：『別隨便求分配，我為此付出一生的代價。』

顧熠：「妳是這麼看待和我在一起這件事的嗎？」

（7）

寢室斷網後，蘇漾用手機行動網路滑社群。

熱門話題裡有一條『二〇一七年普通高等男朋友招生考試』，裡面全是各種「陷阱題」，看得她笑到不行。

想把這則話題分享給石媛，剛點進通訊軟體，軟體就自動跳出最近的連絡人，蘇漾手一滑，居然就傳給了某人。

最要命的是，兩分鐘後她才發現自己發錯了。

忐忑地補傳了一則訊息過去：『發錯了。』

過了不久，她收到某人揶揄：『這考試有人肯參加？』

把蘇漾氣到不行。

很久很久以後，某人絞盡腦汁熬夜做考題，因為蘇漾說了，不及格不可以進房。

建築夫婦的日常

（1）

公司裡的人，明顯感覺到最近某兩位氣氛有些不對。

甲方到公司，顧熠不在辦公室，同事過來問蘇漾：「蘇工，妳知道顧工在哪裡嗎？」

蘇漾頭也不抬：「故宮在北京。」

李工問顧熠：「怎麼回事？你又幹了什麼？」

顧熠一副踐踐的樣子說：「我晚上回去，好好收拾收拾。」

晚上回到家，顧熠把整個房子整理得煥然一新，還幫蘇漾把冰箱全都填滿。

蘇漾終於原諒了他。

（2）

晚上過了十點，顧熠還沒有回家，蘇漾很生氣。

十點半的時候，蘇漾收到了顧熠傳的訊息。

『今天朋友聚餐，等一下還有一攤，妳早點睡。』

蘇漾更生氣了。

沒多久，被人拉去KTV的顧熠收到一則蘇漾的圖片訊息。

圖片上是他的電腦螢幕，顧熠正在做的專案資料夾上跳出一個對話框，上面寫著『確定刪除××專案的資料夾嗎？』

游標赫然就放在『確定』上面。

顧熠驚出一身冷汗，立刻打電話給蘇漾。

「老婆，別衝動，我馬上回家！給我二十分鐘！」

（3）

親手把老婆培養成工作狂是什麼感覺？

顧熠：「看電影嗎？」

蘇漾：「加班。」

顧熠：「新開了一家餐廳。」

蘇漾：「那你幫我打包一份。」

顧熠：「爸媽要我們回家吃飯。」

蘇漾：「約下週五，只有那天有時間。」

顧熠：「……那夫妻生活。」

蘇漾：「先用右手撐著。」

顧熠：「……」

（4）

一場建築師的聚會變成了炫妻大會。

A：「我老婆真的挺能幹的，家事樣樣精通，飯做得非常好吃。」

顧熠：「我們家蘇漾指揮人做家事的時候特別能幹。」

A：「我老婆薪資也不錯，一個月能賺一兩萬。」

顧熠：「我們家蘇漾一個月輕輕鬆鬆就能花幾萬。」

A：「你老婆這樣也太誇張了吧？」

顧熠：「我就喜歡她這樣，不是她這樣的我還不喜歡呢！」

對話中的主角探出頭來，滿意地說：「你現在離完美老公又近了一步。」

顧熠低聲問：「那我能回房了嗎？書房太難睡了。」

（5）

顧熠：「上次去的那家德國人的店，酒不錯，去喝一杯？」

林鉞鈞：「不去。」
顧熠：「怕老婆啊？」
林鉞鈞：「你不怕？」
顧熠笑：「我是誰？」
林鉞鈞指了指顧熠身後，顧熠回頭，蘇漾一臉燦笑。
顧熠：「我是誰？妻管嚴，你不知道？」

（6）

作為建築界最著名的夫妻檔，顧熠和蘇漾一起上節目。
主持人問：「你們家裡，誰說了算？」
顧熠：「我。」
蘇漾點頭。
主持人問：「那孩子誰帶？」
顧熠：「當然是她。」
蘇漾點頭：「女人嘛，帶孩子應該的。」
主持人感嘆：「顧工馭妻有術啊。」

回到家，蘇漾吃著顧熠洗好的葡萄，一邊吃一邊看電視。

顧熠在一旁拖地，溫柔地說了一句：「老婆，腳抬一下。」

蘇漾抬了抬腳。

她嫌棄地看了顧熠一眼：「為了讓我在節目上說假話，未來一年的家事都你一個人做，划得來嗎？」

顧熠咳咳兩聲：「男人嘛，面子事大。」

（7）

蘇漾看了一齣偶像劇。

男主角求婚，女主角擔心地問：「我什麼都不會做，你確定要和我結婚？」

男主寵溺地笑著：「和我結婚，妳唯一需要做的，就是和我白頭到老。」

當天吃完飯，蘇漾對當時還是男友的顧熠說：「我什麼都不會，你還會和我結婚嗎？」

顧熠看了蘇漾一眼，一臉認真地說：「怎麼可能什麼都不會？妳無理取鬧很會啊。」

蘇漾：「……」

（8）

一群男建築師的聚會，顧熠接完蘇漾的查勤電話，重新回到座位。

A工教育他：「女人啊，真的不能慣，都騎到頭上了。」

顧熠點頭：「是是，女人不能慣，一慣就無法無天。」

A工：「你這麼慣，慣壞了怎麼辦？」

顧熠嘆了口氣：「能怎麼辦？只能接著慣了。」

（9）

蘇工組新來的設計師個性活潑，天馬行空，在娘子軍團隊裡，很快成為開心果。

有天吃飯，她問蘇漾：「蘇工蘇工，妳有沒有想過，什麼時候引退，不做建築師了？」

蘇漾認真想了想說：「發大財以後吧。」

「哈哈，等妳發財了，和顧工去享受人生嗎？」

蘇漾一臉不情願：「怪不得我越來越窮，原來問題出在這裡。不管我怎麼發財，都換不了男人，發財又有什麼意義，哎。」

某個換不了的男人在開會途中打了個噴嚏。

「一定是老婆想我了。」他想。

（10）

準備結婚後，顧熠新買了一間大一些的房子。

裝修的時候，顧熠每天都和裝修師傅討論書房的設計。

蘇漾不解：「你幹麼這麼糾結書房？差不多就行了啊？」

顧熠幽幽回答：「這不是我的臥室嗎？」

後來每每顧熠睡書房，都很慶幸自己當初那麼明智。

（11）

在兩人爭鋒相對的時候，蘇漾和顧熠曾經打過一個賭，賭注是一千元。

誰先向對方求婚，誰輸一千塊錢。

後來有人知道了這件趣事，追問顧熠：「那你和蘇工，後來到底誰贏了？」

林鋮鈞伸長腦袋不給面子地說了一句：「別問顧工這種問題，他沒有卡、沒有錢，出門就靠朋友請，你說誰贏了？」

顧熠：「……」

（12）

關於某件事的討論。

蘇漾：「我一直以為你是禁欲型，沒想到你完全是縱欲型，看錯你了。」

顧熠：「看到自己的女人就發情，這難道不是愛情裡最基本的尊重？」

蘇漾：「……」

回憶都是甜的

（1）

很久以後，有記者採訪蘇漾：「請問當初妳為什麼堅持做建築師？」

顧工：「難道不是為了配得上我？」

蘇漾白眼都翻到後腦杓了：「為了錢。」

記者尷尬地轉過來問顧熠：「以你當年的社會地位，為什麼會和當時還名不見經傳的蘇漾在一起？」

顧熠認真想過以後回答：「主要是環境吧。」

「環境？」

「整個團隊，只有一個女的，母豬也賽貂蟬了。」

蘇漾：「……母豬？」

記者心想，這就是傳說中建築界的神雕俠侶？突然有點不相信愛情了。

（2）

蘇漾：「你以前看我那麼不順眼，為什麼會喜歡我？」

顧熠：「見識太少，見到女人就心動。」

蘇漾：「書房也空一陣子了，缺少人氣。」

顧熠：「……因為我沉迷於妳的美色。」

顧熠咳咳兩聲：「總是妳問我，現在輪到我了。當年，為什麼會喜歡我？」

蘇漾：「年紀小吧。」

顧熠：「嗯？」

蘇漾：「因為年紀小，沒見過世面。」

顧熠：「……我收回我的問題。」

（3）

別人問建築夫婦顧熠和蘇漾：「你們對彼此的第一印象是什麼？」

蘇漾：「脾氣太差，所以完全沒注意到別的。」

顧熠：「這女孩瘦瘦小小的，應該有人保護她，我想一想，最適合的人選，就是我。」

蘇漾：「你當時把我趕出去了好嗎？」

顧熠：「那一定不是我。」

蘇漾：「……」

（4）

蘇漾很不理解，為什麼當年顧熠會選在那樣的場合表白。

「你怎麼會在雞舍裡表白？」

顧熠：「我怕不表白，會被別人搶先。」

蘇漾：「誰會搶先？雞嗎？」

顧熠：「……」

（5）

關於當年那場「驚天動地」的求婚。

顧熠：「當年，是不是嚇到妳了？」

蘇漾：「我都有點不記得了。」

顧熠黑臉：「這也能忘記？」

蘇漾訕笑：「也有記憶很深刻的。」

顧熠：「什麼？」

蘇漾：「那天，我沒洗頭。」

顧熠：「……」

（6）

回憶起那一場幾乎毀了蘇漾的風波。

記者問：「當初妳是怎麼撐過來的呢？顧熠給了妳很多鼓勵吧？」

蘇漾摸了摸下巴，想想當初發生的一切，笑了笑。

「他沒怎麼幫我，倒是趁火打劫。」

記者：「嗯？」

蘇漾：「我有很長一段時間接不到專案，窮到要回家吃自己，他趁機向我求婚，告訴我，現在只有他肯養我了。」

顧熠略顯尷尬，輕輕咳了兩聲：「這絕對不是趁火打劫，而是把握時機。」

（7）

很久很久以後，蘇漾問起顧熠當年接受的一個訪談。

那時他曾提到，要麼單身，要麼找靈魂伴侶，相攜一生。

「那時候你有想過，要和什麼樣的人走完這一生嗎？」

顧熠低頭看著報紙，還是那副淡淡不在意的神色。

「以前沒想過。」他自然地翻了一頁報紙，「妳出現之後，就開始想了。」

自傳

蘇漾得獎之後，很多出版公司跟她接洽，邀請她作傳出書。家裡畢竟有兩個孩子，蘇漾原本也很想賺這個錢，但是她夜裡墊高了枕頭一想，竟然覺得自己的人生沒什麼可寫的。

出版社的編輯打電話給她，聲音溫柔和善：「蘇工，妳不用著急，妳可以從現在開始慢慢想，想想妳從學生時代至今印象最深刻的事，想到了可以記錄下來，也可以直接打電話給我，我幫妳記錄。」

於是蘇漾很認真地按照編輯的方式，回憶，記錄。

蘇漾的家庭，爸爸早逝，媽媽辛苦把她養大。但是和一般苦得吃黃蓮的倫理悲劇不一樣，蘇媽對她可謂有求必應。物質生活，沒有缺過，精神生活，也挺豐富。雖然是單親家庭，但她自小不覺得自己有什麼不同。

小時候印象最深刻的事，想來想去，竟然只想起國中因為上課偷看小說，被老師沒收，還請家長過去談話。

當時蘇媽被叫去學校，蘇漾又著急又害怕。著急的是那本書是租書店租的，押金近五十塊；害怕的是，蘇媽這人要面子，班導比蘇媽還年輕，要是被班導教訓一頓，不知道蘇媽回家會怎麼收拾她。

懷著忐忑的心情跟著蘇媽回家，蘇媽一路上都沒有說話，讓蘇漾更緊張了。

回到家，蘇媽坐在餐桌旁，蘇漾乖巧地站在一邊。

許久，蘇媽才出聲：「妳很喜歡看書？」

蘇漾看了看蘇媽，點頭也不是，搖頭也不是。

「倒是像妳爸爸，愛看書。」蘇媽教育程度不高，分不清閒書和文學書的區別，只覺得女兒愛看書，就應該支持她，「以後我每個月多給妳一百塊錢，妳拿去買書看，但是別上課看，要給老師一點面子。」

「……」蘇漾自己都沒想到，竟然這麼簡單就過關了？

之後，蘇媽真的每個月多給蘇漾一百塊，但是蘇漾沒拿去買書，因為她看小說看膩了，又迷上玩遊戲了……

晚上睡覺前，蘇漾想了想，把這一段從手機裡刪除。

這太不符合人物傳記「一窮二慘三勵志」的風格了。

絞盡腦汁一整個晚上，蘇漾決定放棄學生時代，開始回憶工作時期。

一想到工作，立刻滿腦子都是情節，畢竟萬分坎坷啊！

這坎坷的來源嘛，自然是因為工作中遇到了自家先生——顧熠。

想想當初，一個學校的吊車尾，為了畢業證書，連尊嚴都被他踩在腳底。

蘇漾這不記錄還好，一記錄簡直滔滔不絕，都是靈感。本來睡得好好的，突然從床上跳起來，打開筆記電腦開始劈里啪啦一陣敲打。

大概是蘇漾敲鍵盤敲得太大聲，把步入中年的某人吵醒。

某人從被子裡起身，赤著腳走到蘇漾身後，慵懶地打了個呵欠，低頭看了看蘇漾的電腦螢幕，安靜地看完螢幕上的文字，詫異地問，「怎麼，妳要轉行寫小說了？」他微微彎下身子，「寫的還是魔鬼上司和小白兔下屬？」

蘇漾一回頭，顧熠那張熟悉的臉驟然靠近，呼吸都帶著溫柔的甜香。

蘇漾沒想到顧熠會突然醒來，差點被他嚇得魂飛魄散。

「你你你……怎麼突然醒了？」

顧熠修長的手指在電腦觸控板上滑動，「還真的開始寫小說了？」他言語間帶著笑意，「讓我看看，妳的男主角是不是以我為原型。哦……對了，妳的男主角叫什……」

顧熠的話還沒說完，一直滾動的頁面已經停了下來，游標停在一個名字後面，一下一下地閃爍著。

「顧、熠？」顧熠咬牙切齒地念出這個名字。

蘇漾自知理虧，趕緊抱住顧熠的腰：「老公，你聽我說，人家要我寫自傳，我就寫了一下我們當初甜蜜的職場愛情。」

「甜蜜？」顧熠對蘇漾的巴結無動於衷，冷冷嗤笑，「有老婆叫自己老公瘋牛病的嗎？」

蘇漾：「……這……這不是我們愛的暱稱嗎？」

蘇漾眼珠子轉了轉，立刻換上平時撒嬌專用的聲音：「老——公——」

顧熠眉頭皺了皺，果然還是不忍心對自己的老婆發火。

當初那麼千辛萬苦才走到一起，哪裡捨得對她大小聲。

他睨了蘇漾一眼，也不管蘇漾有沒有存檔，直接把筆記電腦一蓋。

「睡覺。」

蘇漾見顧熠沒有太過激動的反應，自然是歡欣雀躍地跟著上床。

她可不傻，這時候才不管什麼自傳，後院的火好不容易撲滅，肯定得老實點。

枕著顧熠的手臂，蘇漾小心翼翼地問，「老公，你真的沒生氣吧？」說完又趕緊添油加醋地解釋，「我是想多賺點錢，家裡兩個孩子呢，自傳肯定要寫得誇張一點才有人買啊。」

顧熠眸光沉沉：「家裡兩個孩子也都是我在養，妳缺什麼錢？我看，就是想找個機會，發洩對我的不滿吧。」

「怎麼會呢？我找到你當老公，是八輩子修來的福氣，完全沒有不滿。」蘇漾笑瞇瞇地討好顧熠，「倒是你，要是不滿一定要早點發洩，別憋壞了。」

顧熠聽到這句話，終於有了些反應，撐起身子看著蘇漾，細長的手指在蘇漾脖子上畫圈：「這可是妳說的。」

之後，蘇漾那本騙錢的自傳真的上市了。

因為她的特殊經歷和身分，那本自傳竟然成為那年傳記類的年度暢銷書。

書上市以後，顧熠作為蘇漾背後的男人，引發網友好奇關注，一不小心就成為大叔控類第一網紅。

儘管他有妻有子，從不搞曖昧，依然有各種年輕女孩表白到天荒地老。

最後居然是這個結果，蘇漾只後悔當初為什麼要貪那點稿費？

想想她創作自傳的經歷，嘖嘖嘖，真是聞者流淚，聽者傷心。

那段時間她每天捶著自己的腰坐在電腦前寫，而且內容都是顧熠看過一遍才交給編輯。

顧熠從來沒有對內容指手畫腳，但只要蘇漾寫了一丁點他的不好，他晚上必然要「發洩」，後來蘇漾實在無力承受，只好都挑好的寫，簡直要把顧熠捧成前無古人後無來者了。

蘇漾實在不解，他都這麼大年紀了，怎麼精力還這麼旺盛？

晚上吃飯的時候，新聞裡提到蘇漾的自傳，兩個孩子有點不敢相信這是自家老媽寫的，紛紛震驚得詢問。

「媽，妳寫的是我爸嗎？」

「……媽，妳是不是出軌了，所以要彌補爸爸……」

剛做完飯，脫掉圍裙的高個男人，滿面春風地走進餐廳，給兩個孩子一人一記爆栗。

在一片哀嚎聲中，某人說：「你們兩個小蘿蔔頭懂什麼？你媽對我，那是愛意不外露。」

「咕！」

雖然全家都不買帳，但某人還是很得意，他湊近老婆身邊，低聲撩人地說：「我覺得，妳還可以再寫第二本自傳，家裡孩子養起來確實貴，缺錢呢。」

蘇漾嚇得腰間一緊，筷子一扔：「我這輩子再也不寫自傳了！」

泛黃的情書

在過去那個年代，連名字都帶著時光的痕跡，比如劉愛紅。

父母生她的時候，更想要兒子，所以原本取名為劉愛黨，結果猝不及防生下女兒，很隨意就改了個「紅」字。

劉愛紅不會讀書，腦子也沒多聰明，國中畢業後，父母就不讓她繼續讀書，要她去工作。她沒什麼選擇，就去了。

當一個普通的工人，嫁給另一個普通的工人，是那個時代大部分女人的人生。這輩子，她從來沒有想過，自己能嫁給蘇之軒那樣的男人。

劉愛紅十八歲的時候，因為機械事故，父親死在機器裡，被齒輪攪得不成人形，她媽媽當場就嚇暈過去。

之後家裡來來去去，每天都有人，她們就搬家了。

當年父親怎麼爭取都拿不到的公宅，終於得到了。還是平房，獨門獨戶，再也不用和別家一起排隊用洗臉檯和廁所。可惜父親已經沒了。

那時候劉愛紅也有工作，家裡還過得下去，只是媽媽再沒有笑過。畢竟一起生活了一輩子的男人，不管平日怎麼吵鬧，真的沒了，還是會難過。

劉愛紅對於這次搬家，至死都耿耿於懷，她不知道該感激還是怨恨。因為搬家，她才成了蘇家的鄰居，因為成為鄰居，經常被蘇媽媽叫去吃飯，才認識了蘇之軒。

劉愛紅人勤快，嘴甜，用方言說，她是個嘹亮的女人，頗得蘇媽媽的歡心。那時候蘇媽媽一直想把劉愛紅跟蘇之軒湊成一對。

和劉愛紅相反，蘇之軒內斂、溫和，與世無爭，是個徹頭徹尾的讀書人。他對劉愛紅很好很好，但僅止於哥哥對妹妹的照顧。

劉愛紅年輕的時候也做過嫁給蘇之軒的夢，畢竟他那麼好，好得劉愛紅一直覺得他不是凡人，而是一襲白衣的謫仙。但是後來她打消了這個念頭，兩人差距太大，她根本配不上他。

蘇之軒大劉愛紅好幾歲，是那個年代的研究生，在建築設計院當建築師，為市裡設計圖書館、政府大樓等。他平日工作很忙，閒暇時就愛在家裡喝茶，種花，完全不食人間煙火的樣子。

劉愛紅偶爾會藉口看蘇媽媽，偷偷看看這個鄰居家的「哥哥」，滿足自己心裡那點小小的愛慕。

直到蘇之軒談戀愛，劉愛紅還有點恍恍惚惚的。

蘇之軒一定很愛很愛那個女孩，為了那個女孩，他把蘇媽媽氣到進醫院。那陣子蘇家很亂，事情鬧大了，鄰居街坊都知道了，議論紛紛。蘇之軒為了娶個「外地女人」，和蘇媽媽決裂。

那段時間，劉愛紅也偷偷關注著這件事，但是從來不曾去打擾，因為她明白，她和蘇之軒就是雲和泥的差距，沒有那個「外地女人」，也有別的女人，總歸不是她劉愛紅。

後來，也不知道究竟發生了什麼事。蘇之軒的那個女人竟然斷了聯繫，再後來，蘇家突然多了一個孩子，一個女孩。

那個女孩就是蘇漾。

蘇媽媽每天在家裡罵，罵那個女人不知廉恥，勾引她優秀的兒子，才做出這等未婚先孕的事情，而從前還與蘇媽媽吵架的蘇之軒，再也沒有爭辯過，只是一邊上班，一邊照顧還是嬰孩的蘇漾。

那時候劉愛紅的年紀已經不小，對於旁人為她介紹的對象，她從來不曾動心，只是被蘇之軒的一舉一動牽動著。

聽說蘇漾生病，蘇之軒請假帶她看醫生；聽說蘇漾摔下床，蘇之軒焦頭爛額地帶她跑醫院；聽說蘇漾至今仍報不了戶口，蘇之軒放下身段，四處求人。

劉愛紅覺得，自己其實才是那個最卑鄙的人。

在蘇之軒最手足無措的時候，她出現了。

她這輩子都記得那天，陽光燦爛得讓她心慌，她心裡那點想要褻瀆謫仙的齷齪心思，幾乎毫無保留地暴露在純淨的陽光之下。

可是蘇之軒並不懂。

當劉愛紅抱起蘇漾的時候，蘇之軒只知道，那個一直哭鬧的女兒終於不再哭鬧了。他不知道，其實劉愛紅在手指頭上沾了些蜂蜜，因為那滋味很甜，所以小丫頭吸吮著她的手指，才停止了哭泣。

在她厚著臉皮的追求和打動之下，蘇之軒終於答應和她結婚。

蘇漾需要一個合法的身分，而劉愛紅可以給她一個合法身分，讓她有一個媽媽。

劉愛紅從家裡拿了戶口名簿去登記，憂鬱多年，不肯和她說話的母親，終於抬起她冷漠的臉孔。

望著一臉幸福的女兒，她說：「愛紅，別去，妳去了會後悔。」

當時劉愛紅只覺得美夢就要成真，馬上要嫁給自己做夢都不敢想的男人，怎麼可能後悔。

劉愛紅笑笑說：「媽，妳放心，我會幸福的。」

而一臉冷漠的母親卻說，「妳要犯賤，誰攔得住？」說完，她嘆了一口氣，「妳去吧。」

之後……之後她確實過了幾年很幸福的日子。

畢竟，蘇之軒是一個很好很好的男人，除了愛情，他可以給她一切。

她盡心盡力撫養蘇漾，把她當作自己的親生女兒對待，因為這是她唯一能證明自己價值的方式。

為了養好蘇漾，她甚至打掉了自己的孩子，明明她也曾經渴望有一個自己的孩子，最好是個兒子，一個像蘇之軒的兒子，又英俊，又聰明。

可是她最終選擇放棄。

那一天，她拿著檢查報告回到家，蘇之軒喝得爛醉。

他又見到了那個女人，那個女人嫁給了別的男人。

他知道了當年他們分開的原因，是他母親從中作梗，騙了那個女人，那個女人走投無路，才把孩子給了蘇家，自己離開。

他喝太多酒了，劉愛紅一度覺得他可能想要喝死算了，最後是還不懂事的蘇漾，撕心裂肺地一聲一聲喊著「爸爸」，才讓他停止買醉，重新有了活下去的勇氣。

那一刻，劉愛紅終於感覺到鈍痛，她覺得肚子裡，長了一坨多餘的肉，她應該去清理掉。

那次之後，蘇之軒就沒有再喝過酒。

知道劉愛紅打掉了孩子，他內疚極了，覺得自己是個不稱職的丈夫。

再後來，他拆掉老宅，重新建房。

蘇之軒用了好幾年的時間去建造那間房子，那是劉愛紅見過最美的房子。

但她也知道，那房子，實際上是蘇之軒曾經承諾給那個女人的家。

而她，不過是鳩占鵲巢。

房子建成後，蘇之軒沒有享受多久就走了。

她對於這個結局隱隱有所預感。愛得太苦，他早已憂鬱成疾，身體的衰敗讓她心驚。

那時候她才明白，比起不被愛，她更怕的，是他離開。

可他最終還是離開了。

他彌留之際，她仍守在身邊，就像那之前的每一天。

沒有一個人不誇她劉愛紅，是上天地下最好的妻子，可是這又能怎麼樣呢？她要的從來不是這些。

後來，他虛弱得說話都會喘，聲音也不大，劉愛紅要湊近他嘴邊，才能聽到他說什麼。

那天，他一直拉著她，不讓她回家。

或許是迴光返照，或許是知道自己要走了。

他一直交待著後事，說來說去離不開蘇漾。

劉愛紅覺得自己真的很堅強，她只覺得肩膀上責任很重，一字一句認真聽他交待，一聲都沒有哭。

許久許久，他沉默了許久，要不是還能聽到他的呼吸聲，她甚至忍不住要去試探他的鼻息，看看他是不是走了。

她眼眶終於有些紅，抬起頭來看著他形銷骨立的面龐，問他：「還有什麼要說的嗎？」

蘇之軒望著她，那一刻，他眼中沒有別人，只有她劉愛紅。

這一生，也許是絕無僅有了。

他說：「愛紅，我常常想，那個被妳打掉的孩子，是兒子，還是女兒？」

劉愛紅終於開始流淚，埋怨著他：「都過去了，還說這些幹什麼？」

「我對不起妳啊，真的對不起妳。」

她覺得好像有刀刺在心口，痛苦地阻止他：「別說了，求你別說對不起。」

他太累了，手都抬不起來，卻還是用盡全力抓著她的手，聲音那樣虛弱：「愛紅，妳還這麼年輕……一定要找個人，找個好好愛妳的人……千萬不要像我……這麼混蛋……愛紅……我對不起妳……對不起……」

蘇之軒走後，很多人勸過她，但她卻沒有改嫁，連這個心思都沒有動過。

不管多苦多難，她心裡就只有一個神聖的信念。所以她在那個動盪的年代，輾轉多個行業，像男人一樣在社會上闖，只為了給蘇漾最好的生活。

她做到了，把蘇漾養大，養得那樣好。

如她所想，蘇漾接下蘇之軒的衣缽，成為一名偉大的建築師。

蘇漾獲得了普立茲克建築獎，全家要去向蘇之軒報喜。

多少年過去，劉愛紅仍然堅持燒紙錢給生前附庸風雅，極愛鮮花的蘇之軒。她也有一些執拗，她也渴望在蘇之軒的生命裡有幾分特別。

她一邊燒著紙錢，一邊碎碎念：「這麼多年了，我愛你、敬你，把你看做天上的星星月亮，不管你活著，還是你死了，我沒說過你一句重話，可是今天有些話，我憋了好多年了，一定要跟你說。」

「蘇之軒啊，外人道你如何儒雅，如何有氣度，但是在我這裡，你就是全天下最大的混蛋，最可恨的壞人。你知道我有多恨你嗎？你可以不愛我，可是你居然還半路丟下我。你知道……這些年，我過得有多苦嗎？」

劉愛紅坐在墓碑前，和墓裡的男人喋喋不休地說著話，邊說邊哭。

這麼多年，她是怎麼撐下來的，她自己都不記得了。

唯一記得的，是每當她堅持不下去的時候，腦中總會閃過蘇之軒活著時的風景。

那天也是陽光明媚，就像當年她說服蘇之軒跟她結婚一樣。

她去醫院送飯，那時他已經病得很重，無法回家了。

她騎著他的自行車，那輛車太大，她的腳不容易跨上去，停車的時候還差點摔倒。

從車棚走出來，還沒進病房，她就聽見蘇之軒的聲音。

他說：「我這病，活不了多久，我知道。」

回應他的是建院那些同僚的泣不成聲。

「你別胡思亂想，很多人得了這個病也活很久，你放心養病。」

蘇之軒輕嘆了一口氣：「我只有兩個人放不下，一個是我女兒蘇漾，她還那麼小。」

他話音一落，她也跟著鼻酸起來。

他接著說，「另一個，雖然她看起來堅強，但我知道，她比誰都脆弱、敏感……」他頓了頓，「我妻子，劉愛紅，我放心不下。」

什麼是信念？劉愛紅沒讀過什麼書，她不懂。

她懂的，是那句「我妻子，劉愛紅，我放心不下」。

她覺得，那是她和蘇之軒的牽絆，也許比不上蘇之軒和張泳義的愛情那麼深刻，卻也足以在她心裡烙下痕跡。

關於蘇之軒有沒有愛過她，她後來已經不在乎了。

她愛他，就足夠了。

愛可以是熱烈的碰撞，可是，愛，也是相濡以沫的陪伴。

愛可以是兩個人的事，也可以，是一個人的事。

——《建築師今天戀愛了嗎？》全文完——

後記

又寫完了一本書，想要為自己鼓掌，怎麼這麼棒？（笑）

嗯，這本書寫得太痛苦了，以至於完結許久以後，和好友回憶起寫這本書的過程，好友都在笑我：小圖，妳說起這本書，整個眉頭都皺起來了。

為什麼痛苦，因為專業性太強，骨灰級讀者都知道，我是學商科的，而建築是工科，幾乎要從頭學起，看了很多書，每天煩我當建築師的表哥，還要他介紹更多建築師讓我煩，那段時間，真的覺得自己都快被建築師們封鎖了。

當初想要寫的是一個女性向的勵志故事，所以選擇了蘇漾這樣的主角，一個真正很夢幻的角色，在事業、愛情、親情上都很純粹的人，堅持初心，永不放棄，所以最後她很成功。而顧熠的設定，是我覺得最適合蘇漾人設的男主角，一個略為年長，懂得包容、支持的角色。

他們從歡喜冤家，變成攜手一生的靈魂伴侶，這是我理想中的職場愛情。

而這個故事中的其他角色，似乎沒有那麼好運，不論是石媛、石坤、羅冬、廖杉杉、林鋮鈞、林木森……，還是上一代的蘇父蘇母，每個人都有自己的遺憾。這些角色，更像是現實中的人，沒有完美的人，也沒有完美的夢想完美地實現。但是不完美，不代表不幸，所以我最終為每個角色都安排了不錯的結局。

也算是我的美好祈願吧！我希望帶給大家一種勵志、向上的精神。越寫文，越渴望透過文字帶給大家美好。

所以近幾年，我放下屠刀立地成佛，不寫虐文了。（再次大笑）

寫完這個故事，我真的休息了非常久，因為真的很難寫，哈哈哈，但是也很慶幸，自己當初敢於大膽挑戰，因為寫完之後真的很有成就感。

我把心中對建築師的愛與責任的理解，寫成這個故事。不指望能為建築師發聲，但是希望更多人能理解建築業，理解建築師，他們的辛苦，為我們打造夢幻的城市。

咳咳，另外，替我表哥說一下單身建築師的心聲，各位萌妹，找對象也可以考慮一下建築師，他們真的很不錯呀！咳咳。（手比愛心）

艾小圖

高寶書版集團
gobooks.com.tw

YH 113
建築師今天戀愛了嗎？（下）
作　　者　艾小圖
特約編輯　余純菁
責任編輯　吳培禎
封面設計　鄭婷之
內頁排版　賴姵均
企　　劃　何嘉雯

發 行 人　朱凱蕾
出　　版　英屬維京群島商高寶國際有限公司台灣分公司
Global Group Holdings, Ltd.
地　　址　台北市內湖區洲子街88號3樓
網　　址　gobooks.com.tw
電　　話　(02) 27992788
電　　郵　readers@gobooks.com.tw（讀者服務部）
傳　　真　出版部(02) 27990909　行銷部 (02) 27993088
郵政劃撥　19394552
戶　　名　英屬維京群島商高寶國際有限公司台灣分公司
發　　行　英屬維京群島商高寶國際有限公司台灣分公司
初　　版　2022年10月

國家圖書館出版品預行編目(CIP)資料

建築師今天戀愛了嗎？/艾小圖著. -- 初版. -- 臺北市：英屬維京群島商高寶國際有限公司臺灣分公司, 2022.10
冊；　公分. --

ISBN 978-986-506-557-7(上冊：平裝). --
ISBN 978-986-506-558-4(中冊：平裝). --
ISBN 978-986-506-559-1(下冊：平裝). --
ISBN 978-986-506-560-7(全套：平裝)

857.7　　111016536

GOBOOKS & SITAK GROUP ©